La palabra mágica

Augusto Monterroso

La palabra mágica

Alianza editorial
El libro de bolsillo

Diseño de colección: Estrada Design
Diseño cubierta: Manuel Estrada
Fotografía de Luis Moreno y Miguel S. Moñita

Dibujos originales del autor en las páginas 17, 18, 19, 20, 22, 23, 25, 46, 47, 48, 70, 73, 75, 93 y 100.

PAPEL DE FIBRA
CERTIFICADA

© 1983, Augusto Monterroso
Los derechos de la Obra han sido cedidos mediante acuerdo con International Editors' Co. Agencia Literaria.
© Alianza Editorial, S. A., Madrid, 2024
    Calle Valentín Beato, 21
    28037 Madrid
    www.alianzaeditorial.es

ISBN: 978-84-1148-636-1
Depósito legal: M. 2.857-2024
Printed in Spain

Si quiere recibir información periódica sobre las novedades de Alianza Editorial, envíe un correo electrónico a la dirección: alianzaeditorial@anaya.es

Índice

Es preciso encontrar la palabra mágica para elevar el canto del mundo.

Joseph Freiherr Von Eichendorff

Habent sua fata libelli.

Terenciano Mauro

Los libros tienen su propia suerte

Los libros tienen sus propios hados. Los libros tienen su propio destino. Una vez escrito —y mejor si publicado, pero aun esto no es imprescindible— nadie sabe qué va a ocurrir con tu libro. Puedes alegrarte, puedes quejarte, o puedes resignarte. Lo mismo da: el libro correrá su propia suerte y va a prosperar o a ser olvidado, o ambas cosas, cada una a su tiempo.

No importa lo que hagas por él o con él.

Puede quedarse escondido y escrito en cifra en un desván y ser descubierto ciento treinta y dos años más tarde; estar en todas las vitrinas y en manos y en boca de todos y pasar al olvido inmediatamente después de tu muerte, cuando para la gente seas apenas un nombre o un fantasma, o ni tan solo un fantasma; cuando hayas desaparecido y ya ninguno te tema o espere favores de ti; o ya no seas simpático y tu famoso ingenio no haga reír más a nadie, porque nadie estará ahí para reírse, ni contigo y ni siquiera de ti.

O al contrario, donde los dulces novios pasaban de largo tomados de la mano sin dignarse echar una mirada a tu querido libro, del que solo tú sabes el trabajo que te costó, el amor que le pusiste y las dudas que te inspiró sumiéndote en la desesperanza, la sensación de impotencia y el rencor; donde la buena gente distraída te ignoraba, ahora lo toma en sus manos incrédula ante tanta maravilla que antes ni sospechaba, lo paga y se lo lleva a su casa, habla de él con sus amigos, lo presta o no lo presta, según, subraya párrafos y en la noche, no importa la hora, despierta a su esposa o esposo y le dice oye esto.

(Pero tú andas muy lejos. No puedes verlo ni oírlo porque tal vez ya estés muerto sin que de la gloria del mundo te haya tocado en vida ni esa alegre migaja).

Ahora tu libro va debajo de los más extraños brazos y se halla en todas las mentes.

Calma, no sufras: mañana lo va a estar también, y pasado mañana, y todos los días y los siglos venideros.

Resulta que los aplausos que recibió eran en realidad merecidos, y los premios que le dieron también y, como hoy, las cosas seguirán igual y hasta mejor: los niños de las escuelas irán el día de tu aniversario a la calle que lleva tu nombre, y el ministro dirá su discurso, mil quinientos años lejos, y tú podrás ver desde el lugar en que estés a aquellos seres extraños diciendo palabras en un idioma que ya no comprendes, y en un momento dado el ministro levantará la vista y el brazo y agitará su papel en la mano como saludándote y como diciéndote no te preocupes por tu mensaje, estamos contigo y te queremos mucho, en tanto que los niños mirarán asimismo hacia lo alto y se llevarán la mano a los ojos cubriéndolos no sabrás si del sol o de tu propio resplandor.

Las muertes de Horacio Quiroga

Horacio Quiroga nació en El Salto, Uruguay, el último día de 1878 y murió en Buenos Aires el 19 de febrero de 1937, de manera que compartió uno de los períodos más ricos de la literatura hispanoamericana: son contemporáneos suyos, entre otros, Leopoldo Lugones, José Enrique Rodó, Rubén Darío, Julio Herrera y Reissig, Vicente Huidobro, Ramón López Velarde.

Recordaré ahora que empezó a escribir alrededor de los quince años y que prácticamente no dejó de hacerlo durante toda su vida, a pesar de largos trechos en que no publicaba libros; que pronto cayó en la tentación obsesiva de los artistas de su tiempo: viajar a París, y que de su corta estadía allí, aparte de conocer personalmente a Rubén Darío, no sacó mayor cosa de provecho, a no ser, quizá, algo de desencanto: París no era para él; que muy joven capitaneó en Montevideo un alegre grupo literario que se llamó, con humor bohemio y modernista, Consistorio del Gay Saber, rival amistoso (hasta donde eso puede ser entre escritores) de otro no menos entusiasta, la Torre de los Panoramas, comandado por Julio Herrera y Reissig; que comenzó escribiendo con los seudónimos de Guillermo Wynhardt (nombre del protagonista de *El mal del siglo,* de Max Nordau) y Aquino Delagoa, según el Parnaso Oriental, que nunca miente; que publicó revistas literarias, incurrió en el periodismo y acometió negocios descabellados que terminaban, sin remedio, en el fracaso o en simples incendios; que como la mayoría de los escritores, con talento o con las palancas adecuadas, de Hispanoamérica, sirvió en el cuerpo consular y diplomático y que, como todos ellos, no hizo ahí nada de utilidad para su país, excepto convertirse en él mismo; que, según dicen, quiso a la selva más que a nada en el mundo; que su poesía adolece de los peores defectos del Modernismo y no cuenta con ninguna de las sólidas virtudes de este; que practicó con amor el ciclismo y con odio la enseñanza de la literatura; y que intentó novelas y aun dramas con muy mediano éxito, puesto que, finalmente, para lo que estaba llamado era para el cuento, género que manejó como muy pocos en nuestro idioma y en cualquier idioma.

Este hombre enjuto, desgarbado y pertinaz, conoció rechiflas y aplausos, riqueza y pobreza, serpientes, ríos pequeños y ríos inmensos, hormigas incontenibles y mieles venenosas, y a muchos hombres, atrapados en la ciudad o en la selva. Pero por sobre todo conoció de cerca la tragedia. Su vida es un largo sueño trágico. Si un día alguien hubiera imaginado un hombre con un destino como el de Quiroga y hubiera escrito un cuento con ese tema, ese cuento sería malo y de una monotonía mortal, en el sentido exacto de la palabra monotonía y de la palabra mortal.

Es difícil dejar de estremecerse cuando se piensa en la amargura que persiguió a Rubén Darío; en los descalabros, en los naufragios, en la muerte voluntaria del pobre José Asunción Silva y en su larga sombra larga; en la debilidad del triste Julián del Casal; en el asesino Chocano y en el asesinado Chocano. Pero si uno se pone a pensar, todo eso es previsible y puede ocurrirle a cualquiera.

Quiroga descarta toda posibilidad de previsión.

La Rochefoucauld se regodeaba al afirmar que en la adversidad de nuestros mejores amigos hay siempre algo que no nos desagrada. Pues bien, nadie, cuando habla de Quiroga, se resiste a enumerar casi con gusto la interminable nota necrológica que fue su vida.

Fíjense: su padre, sin quererlo, se da muerte con una escopeta de caza; su hermano mayor muere en un accidente; su padrastro cae víctima de la parálisis y un día, desesperado, tras una laboriosa tarea de intensos minutos, logra por fin colocarse en la boca el cañón de una escopeta y disparar la muerte con el dedo pulgar de su pie derecho; su gran amigo literario, Federico Ferrando, previendo que tendría que batirse en duelo, compra una pistola y va a ver a Quiroga para que este lo instruya en su manejo: Quiroga, buen conocedor, ignora que el arma está cargada, sale un tiro, y este tiro, cuyas probabilidades de ir a dar a cualquier otra parte se cuentan por millones, va a dar muerte a Ferrando y sume a Quiroga en la desesperación. Cierto día Quiroga emprende en la selva una de sus fantásticas empresas económicas, labra la tierra y levanta su casa con sus propias manos; cuando la casa está suficientemente habitable y bella, lleva a vivir con él a su mujer, con el resultado de que, desquiciada por una vida para la que no estaba hecha, su mujer se suicida ingiriendo veneno. Años más tarde, aquel 19 de febrero de 1937, el propio Quiroga, perseguido por los males físicos, se mata en forma semejante. El epílogo lo pone su hija, quien también se suicida algún tiempo después. No, nadie podría escribir un buen cuento con ese tema: demasiados tiros, demasiado cianuro, demasiado azar.

Pero Quiroga sí; esas muertes desatinadas estarán presentes en casi toda su obra, en la que predomina el horror, en la que seres extraños, alcohólicos, locos, o, lo que es peor, enteramente cuerdos, pueden aparecer vivos en cualquier instante detrás de cada página. Excepto en pocos momentos, sus cuentos están unidos por un hilo común: la mayoría participan de la fatalidad o de lo ingrato. Hay en todos, también, un sentido humano profundo, una grandeza, un amor viril a las cosas, a los animales, a los hombres, un amor a la vida cuyas raíces tal vez debamos buscar en aquella confusión de disparos y cianuro, en aquellas muertes con las que Quiroga se saludaba todos los días.

Pero habría que tener presente que Horacio Quiroga quiso dar, y los dio, y muy buenos, consejos o reglas sobre la mejor manera de escribir cuentos, no de vivir la vida.

Llorar orillas del río Mapocho

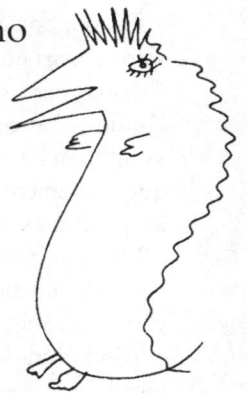

En las entrevistas largas llega siempre el momento de responder a la pregunta de si uno vive de lo que escribe, y las respuestas varían entre la tajante en que el interpelado dice con toda claridad que no, hasta aquellas en que se embrolla tratando de declarar la verdad (esto es, también que no) pero dejando entrever que sí, que más o menos, que en cierta forma sus libros son un éxito.

Uno vive de muchas cosas, de lo que busca con intención y de lo que las circunstancias van disponiendo, y es evidente que no hay dos experiencias iguales: mientras Shakespeare escribía sus obras y las actuaba en Londres, Cervantes cobraba impuestos o recolectaba granos para la Armada Invencible (destinada entre otras cosas a acabar, sin proponérselo, con el teatro de Shakespeare). Shakespeare era próspero y Cervantes pobre, cada uno como reflejo de sus respectivos países.

Tal vez por eso la pregunta de si uno vive de sus libros solo se haga en ciertos lugares. No recuerdo si también en España, pero raramente la he visto formulada en Estados Unidos, Francia o Alemania. En estos últimos no les interesa de lo que viva el escritor, o solo se entrevista a aquellos que obviamente han pasado la barrera de esa duda. O de las preguntas tontas.

En cuanto a nosotros, somos como Ginés de Pasamonte, gente de muchos oficios, y nuestra herencia es la picaresca y unas veces estamos presos y otras andamos con un mono adivino o una cabeza parlante, mientras al margen escribimos lo que buenamente podemos.

Para un latinoamericano que un día será escritor las tres cosas más importantes del mundo son: las nubes, escribir y, mientras puede, esconder lo que escribe. Entendemos que escribir es un acto pecaminoso, al principio contra los grandes modelos, en seguida contra nuestros padres, y pronto, indefectiblemente, contra las autoridades.

Sé que está en la mente de todos y que lo que voy a decir es bastante obvio y por eso he querido demorarlo un tanto; pero en fin, tengo que decirlo: el destino de quienquiera que nazca en Honduras, Guatemala, Uruguay o Paraguay y por cualquier circunstancia, familiar o ambiental, se le ocurra dedicar una parte de su tiempo a leer y de ahí a pensar y de ahí a escribir, está en cualquiera de las tres famosas posibilidades: destierro, encierro o entierro. Así que más tarde o más temprano, si logra evitar el último, llegará el día en que se encuentre con una maleta en la mano y en la maleta un suéter, una camisa de repuesto y un tomo de Montaigne, al otro lado de cualquier frontera y en una ciudad desconocida, oyendo otras voces y viendo otras caras, como quien despierta de un mal sueño para encontrarse con una pesadilla.

Entonces, como por supuesto es pobre, comenzará a ver pasar frente a él los múltiples oficios, y a imaginarse mesero, fotógrafo ambulante, vendedor de libros y, hasta con suerte, lector de una señora rica; todo, menos escritor; y a la tercera semana, y a la cuarta, cuando nada de aquello ocurra, envidiará a los perros callejeros, que no tienen obligaciones, y a las parejas de ancianos que se pasean en los parques, y sobre todo, precisamente sobre todo, a las nubes, las maravillosas nubes.

En 1954 llegué exiliado a Santiago de Chile procedente de Bolivia, en donde había sido durante un tiempo secretario de la embajada y cónsul de mi país (oficio ocasional del que por fortuna lo relevan a uno las revoluciones o los cuartelazos), Guatemala. Al darse cuenta de mi pobreza extrema, cuanta persona encontraba me invitaba a cenar para hacerme ver las posibilidades de desempeñar algún oficio, cualquier oficio: el de escritor quedaba descartado no solo por improductivo sino porque a mí me horrorizaba (y me sigue horrorizando) la idea de escribir para ganar dinero.

El mejor consejo me lo dio José Santos González Vera, con la aprobación de Manuel Rojas y el posterior apoyo sonriente de Pablo Neruda:

—Mire —me dijo un día, quizá el siguiente de mi llegada—; yo nunca doy consejos, pero por ser usted le voy a dar uno. Si para ganarse la vida tiene ahora que vender algo, no se vaya a dedicar a vender cosas pequeñas, como escobas o planchas. Eso da mucho trabajo, deja poco dinero y por lo general la gente ya tiene una escoba y una plancha. Venda acorazados. Con uno que venda tiene resuelto el problema suyo y de su esposa para toda la vida.

Por fin alguien me dijo que por qué no traducía algo, y como todos creemos saber poco o mucho de inglés o francés (el latín quedaba descartado), el mismo autor de *Cuando era muchacho* me dio una tarjeta para el señor Sañartu, gerente o presidente o algo así de la entonces famosa editorial Zig-Zag, a quien fui a ver y quien desde su gran altura la leyó y casi sin oírme, tal vez porque yo casi no dije nada, llamó a una secretaria, quien me llevó ante el escritorio de una señorita (me pareció señorita y tal vez no lo fuera tanto, pero en ese momento yo no estaba para averiguarlo, no solo por el tremendo estado nervioso por el que pasaba sino, sencillamente, pensé, porque no había ido a eso y ya habría, según fuera mi trato con la editorial y la frecuencia con que me presentara a recoger o entregar trabajo, ocasión de saberlo); quien, amable, me preguntó si prefería el inglés o el francés, a lo que yo le respondí que el inglés, porque ahora en la diplomacia se usaba más el inglés y habiendo sido yo hasta hacía poco diplomático, pues sí, prefería el inglés.

Entonces sacó de alguna parte una revista llamada *Ellery Queen,* de formato parecido al del *Reader's Digest* pero dedicada al crimen, y me propuso que como prueba tradujera un cuento, el que yo quisiera, y que nos veríamos en una semana, ¿en una semana estaría bien?

Traducir puede ser muy fácil, muy difícil o imposible, según lo que te propongas y el tiempo y el hambre que ten-

gas; y uno nace o, si se deja, se va convirtiendo en traductor y enamorándose de la idea de que eso le servirá para su propio oficio de escritor, y sin sentirlo uno puede llegar a no saber si cada frase que logra dejar perfecta es suya o de quién; pero lo que importa es que la frase esté bien y fluida y suene en español y por momentos, al poner el punto en cada párrafo y tomar el papel y verlo a cierta altura, uno puede hasta sentirse con gusto Bertrand Russell o Moliere, pero, ¿Ellery Queen?

En todo eso pensé cuando en la soledad de mi cuarto comencé a escoger una vez más el cuento que traduciría y el tiempo pasaba y yo no me decidía porque todos eran de gánsteres y yo no entendía nada, no sabía nada, y el efecto del vino de la noche anterior me pedía salir a la calle en cuanto fueran las doce del día, hasta que me decidí por uno en que el crimen ocurría entre jugadores de béisbol. De béisbol, que como tantas otras cosas yo creía conocer.

Todas mis pertenencias consistían entonces en una máquina de escribir portátil, una caja vacía de madera sobre la que tenía la máquina, y una de cartón sobre la que puse la revista y un poco de papel.

Y mi diccionario manual inglés-español español-inglés.

Estaba ahí, pues, sentado, dispuesto a releer el cuento que un día antes me había parecido el más fácil y divertido, pero que ahora, al tener que pasarlo al español frase por frase, comencé a odiar y a convertir en un enemigo poco dispuesto a dejarse vencer y que se negaba a transformarse en prisionero de un idioma extraño en que las frases eran demasiado largas o explicativas, y en el cual lo que era gracioso y ágil a través de un diálogo

increíblemente simple pero lleno de sentido, se trocaba en algo tonto y forzado, y para nada encajaba en lo que yo, de ser el autor, hubiera dicho o pensado.

Pero el autor no era yo sino Ellery Queen, y Ellery quería que las cosas marcharan rápido, sin preocuparse para nada por otro estilo que no fuera directamente al espíritu de sus lectores, si es que alguna vez había supuesto que estos lo tuvieran, o por lo menos a su emoción o interés para que al final, sintiéndose buenos, se identificaran con los buenos, y sintiéndose inteligentes pudieran pensar «¡Claro!», y pasar a otra cosa.

Y así transcurrieron cuatro o cinco días. Y el cuento comenzó a ser legible en español, gracias, más que a mi pequeño diccionario (ocupado en las exactas equivalencias de perro y *dog* y mesa y *table* pero de ninguna manera en los modismos de los campos de béisbol), a la ayuda de mi amigo Darwin (Bud) Flakoll, a quien el sábado y el domingo importuné con preguntas. Y el cuento se convirtió en un buen ejemplo de precisión y honestidad intelectual logradas después de seis días y sus noches de tormento, para que al final quedara claro que hay *pitchers* (lanzadores), que hay lanzadores (*pitchers*) que a la mitad del juego se derrumban porque tienen el brazo de cristal, como uno tiene techo de cristal y muchas mujeres la virtud; y se supiera que alguien había matado por envidia a otro jugador, o por celos a su esposa, lo que he olvidado, en la forma contraria en que nunca olvidaré mi entrevista con la señorita de Zig-Zag, el lunes, cuando resuelto a morirme de hambre antes que seguir traduciendo aquello me presenté a devolverle para siempre su revista, y sin importarme más su virginidad salí a la calle bajo el sol deslumbrante y me encaminé al río Mapocho, que pasa por ahí, y me senté en la orilla y lloré de humillación hasta que, siendo benditamente otra vez las doce, me incorporé y fui a la venta de vino más cercana y una copa de vino tras otra me volvieron a la vida y a la idea de que todo estaba bien, de lo más bien.

Recuerdo de un pájaro

Pues bien, en medio de todo esto, aparece en México en 1944 el nicaragüense Ernesto Cardenal. De la generación de poetas y escritores centroamericanos a la que pertenezco, el hombre más extraño que conozco es Ernesto Cardenal.

Sacerdote, poeta, místico y revolucionario, su vida y su carrera están hoy muy lejos de ser lo que eran en aquellos años en que asistíamos juntos al café de la Facultad de Filosofía y Letras de la Universidad de México, a mediados de los años cuarenta, cuando Cardenal no quería saber nada de cosas políticas. Cardenal, que podía enseñarla, estudiaba allí literatura, y no se interesaba por nada más. Y digo que podía enseñarla porque se había formado ya, como otros dos notables poetas de su país, Ernesto Mejía Sánchez y Carlos Martínez Rivas, bajo la dirección de José Coronel Urtecho y Pablo Antonio Cuadra, que sabían y saben toda la literatura del mundo que hay que saber. Entre guatemaltecos y nicaragüenses constituimos pronto una especie de colonia centroamericana de poetas y escritores, en medio de otro grupo similar de mexicanos todos medio locos y medio cuerdos, pero todos esperanzados, entre los cuales diré de paso que se encontraba el más tarde presidente de México, Luis Echeverría, solo que en él predominó lo cuerdo.

Como no es mi propósito hacer aquí la pintoresca memoria de nuestras aventuras o experiencias de entonces, me concretaré ahora a recordar a un hombre delgado, con cara y ademanes y movimientos de pájaro, de esos pájaros que como autorretratos suyos están siempre presentes en cuanto escribe y con los cuales hay que identificarlo; de un extraño pájaro tropical, brillante, inquieto, de constante buen humor, de buen humor profundo, inteligente, que siempre lo encaminaría a la defensa entusiasta y al regocijo de lo bello y de lo intrínsecamente valioso, al mismo tiempo que al ataque y el escarnio de la miseria de nuestra vida política. (Él, que no quería tener nada que ver con la política). Un pájaro siempre con el mismo tema del amor y el odio, en un contrapunto que no habíamos escuchado desde los grandes poemas amor-odio de Pablo Neruda; esos grandes poemas americanos en que el tema de la naturaleza exuberante y verde, verde, está siempre teñido con la sangre de los muertos y de los torturados en las cárceles, como ese amigo de que habla:

Luis Gabuardi mi compañero de clase al que quemaron vivo
y murió gritando ¡Muera Somoza!

En aquel tiempo Cardenal tenía veinte años y escribía poemas de amor a muchachas muy bellas tan espirituadas como él y de nombres luminosos, pero a las que él además idealizaba tanto que las muchachas probablemente terminaban por sentirse puros espíritus, les daba miedo dejar de pertenecer a este mundo, de convertirse en una mera idea del poeta, y entonces huían de aquel hombre extraño que las trataba como musas y que apenas se atrevía a verlas, pero a quienes, como él mismo dice en muchos de sus epigramas, estaba desde entonces inmortalizando:

De estos cines, Claudia, de estas fiestas,
de estas carreras de caballos,
no quedará nada para la posteridad
sino los versos de Ernesto Cardenal para Claudia (si acaso)
y el nombre de Claudia que yo puse en esos versos
y los de mis rivales, si es que yo decido rescatarlos
del olvido, y los incluyo también en mis versos
para ridiculizarlos.

Y es probable que ellas ahora crean que van a inmortalizarse a través de sus hijos; y no, sino que estarán siempre presentes en la imaginación de alguien que las imagine en el futuro a través de las palabras de aquel hombre flaquísimo y tímido que, como Dante frente a Beatriz, apenas se atrevía a levantar la mirada hasta ellas, no fuera a ser que lo fulminaran con una sonrisa:

Yo he repartido papeletas clandestinas,
gritado: ¡VIVA LA LIBERTAD! en plena calle
desafiando a los guardias armados.

Yo participé en la rebelión de abril:
pero palidezco cuando paso por tu casa
y tu sola mirada me hace temblar.

En el ambiente de que hablé antes, en el México de Carlos Augusto León, el poeta venezolano que decía:

Aquí los potros corren vertiginosamente
y se diría que marchan paso a paso,

en el del jubiloso ánimo revolucionario que nos mantenía vivos y activos, el único que pasaba como caminando sobre las aguas era Cardenal, quien todo el tiempo pulía grandes poemas, que ahora no le gustan, sobre el mundo americano de los conquistadores, y sobre la necesidad de partir:

Invito a todos los que se acogen al abrigo de estos muros de
    muerte,
a todos los que lloran en esta margen por un país de amor y
    eternidades,
a todos los que agonizan sobre femeninas dunas calcinadas,
invito a hacer un viaje, más allá de donde el mar levanta su hu-
    mareda,
más allá del horizonte donde el ataúd del mundo definitiva-
    mente se cierra
bajo el peso de un cielo insostenible hecho de lápidas azules;
invito a hacer un viaje, muy lejos de esta tierra, de esta ciudad
    y su mortaja,
antes que la última embarcación se marchite cercada por el
    polvo,
porque es necesario partir, porque es necesario partir.

Y sobre alegres risas de muchachas, que en esos poemas y en la vida real terminaban sin faltar una siendo para otros, de igual manera que los ríos, los pájaros y las maderas preciosas de su Nicaragua natal eran de otros y para otros:

> Me contaron que estabas enamorada de otro
> y entonces me fui a mi cuarto
> y escribí ese artículo contra el Gobierno
> por el que estoy preso.

Sí; ahora que lo recuerdo, pasaba como caminando sobre las aguas, y creía en las musas; pero creía de veras y se enojaba mucho porque nosotros no creíamos en las musas, y él decía furioso que cómo un poeta podía escribir sin tener una musa que le dictara los versos, tal como ahora lo sostiene el poeta Robert Graves, solo que en el caso de Graves la musa es de carne y hueso y bailarina y él le lleva cincuenta y siete años, y en cambio las musas de Cardenal eran las mismas musas de antes, las de los griegos.

Yo entonces creía más en las musas de los sindicatos, en las de las banderas rojinegras, y soñaba con una gran insurgencia popular que inspirada por la musa del Hambre arrasara con todo de una vez para siempre. Por fortuna, las musas de Cardenal, que nunca estaban en huelga, le empezaron a dictar no los versos quejumbrosos del amante desdeñado, sino los versos profundos y viriles del poeta que da todo el amor en forma rabiosa, todo el amor a las mujeres, todo el amor a su país en forma rabiosa, como en el poema *Hora 0:*

> En abril los mataron.
> Yo estuve con ellos en la rebelión de abril

y aprendí a manejar una ametralladora Rising,
y Adolfo Báez Bone era mi amigo:
lo persiguieron con aviones, con camiones,
con reflectores, con bombas lacrimógenas,
con radios, con perros, con guardias;
y yo recuerdo las nubes rojas sobre la Casa Presidencial
como algodones ensangrentados,
y la luna roja sobre la Casa Presidencial.
La radio clandestina decía que vivía.
El pueblo no creía que había muerto.
(Y no ha muerto).

U otros que recuerdan a Leopardi, con quien, ahora que lo pienso, Cardenal tiene más de un paralelismo, paralelismo que a lo mejor Cardenal ni sospecha.
Leopardi:

Todo es paz y silencio; calla todo
el mundo, y ya de aquello no se acuerda.
En mi temprana edad, cuando se espera
ansiosamente el día festivo, o luego
cuando ha pasado, yo, doliente, en vela,
estrujaba la almohada; y ya más tarde
oía un canto que por los senderos
a lo lejos moría poco a poco
y el corazón como hoy se me oprimía.

Y Cardenal:

Como latas de cerveza vacías y colillas
de cigarrillos apagados, han sido mis días.

Como figuras que pasan por una pantalla
de televisión y desaparecen, así ha pasado mi vida.
Como los automóviles que pasan rápidos
por las carreteras, con risas de muchachas
y música de radios.
Y la belleza pasó rápida, como el modelo de los autos
y las canciones de los radios que pasaron de moda.
Y no ha quedado nada de aquellos días, nada,
más que latas vacías y colillas apagadas,
risas en fotos marchitas, boletos rotos,
y aserrín con que al amanecer barrieron los bares.

Y así el poeta, creyendo en sus musas, maduró vital y políticamente más que nosotros, que nos volvimos meros escritores, burócratas o diplomáticos, mientras él ya no solo camina sobre las aguas, sino sobre las nubes, como el nefelibata de Rubén Darío, y lo más milagroso, sobre la tierra, porque cuenta con el secreto de creer en lo imposible y entonces lo imposible es posible para él, y a veces lo encuentro en diversas partes del mundo, y ahora es el mismo pájaro, pero un pájaro con barba, con una gran barba blanca whitmaniana, vestido con tela de manta blanca y oigo que la gente va y le pide no autógrafos como a cualquier escritor, sino la bendición, pues saben que es sacerdote y le dicen padre y le quieren besar la mano, y él entonces se ríe y no se lo permite pero los mira con una mirada con la que más bien les pide perdón para él por poseer el don de perdonarlos. Entonces, ante esto, no me queda más remedio que meditar un poco y, como ahora, me pongo sentimental y recuerdo las cantinas y los cabarets del México de aquellos años en que bebíamos cervezas literalmente hasta la náusea y bailábamos con extrañas mujeres a las que se les pagaba un peso por bailar y algo más por alguna otra cosa, en tanto el poeta, que estaba también allí, tomaba nota de la vida y hoy no puede escribir un solo verso o una sola línea que no estén llenos de vida, sin metáforas, sin adornos, llenos simplemente de vida.

La cena

Tuve un sueño. Estábamos en París participando en el Congreso Mundial de Escritores. Después de la última sesión, el 5 de junio, Alfredo Bryce Echenique nos había invitado a cenar en su departamento de 8 bis, 2.º piso izquierda, rue Amyot, a Julio Ramón Ribeyro, Miguel Rojas-Mix, Franz Kafka, Bárbara Jacobs y yo. Como en cualquier gran ciudad, en París hay calles difíciles de encontrar; pero la rue Amyot es fácil si uno baja en la estación Monge del Metro y después, como puede, pregunta por la rue Amyot.

A las diez de la noche, todavía con sol, nos encontrábamos ya todos reunidos, menos Franz, quien había dicho que antes de llegar pasaría a recoger una tortuga que deseaba obsequiarme en recuerdo de la rapidez con que el Congreso se había desarrollado.

Como a las once y cuarto telefoneó para decir que se hallaba en la estación Saint Germain de Prés y preguntó si Monge era hacia Fort d'Aubervilliers o hacia Mairie d'Ivry.

Añadió que pensándolo bien hubiera sido mejor usar un taxi. A las doce llamó nuevamente para informar que ya había salido de Monge, pero que antes tomó la salida equivocada y que había tenido que subir noventa y tres escalones para encontrarse al final con que las puertas de hierro plegadizas que dan a la calle Navarre estaban cerradas desde las ocho treinta, pero que había desandado el camino para salir por la escalera eléctrica y que ya venía con la tortuga, a la que estaba dando agua en un café, a tres cuadras de nosotros. Nosotros bebíamos vino, whisky, Coca-Cola y Perrier.

A la una llamó para pedir que lo disculpáramos, que había estado tocando en el número 8 y que nadie había abierto, que el teléfono del que hablaba estaba a una cuadra y que ya se había dado cuenta de que el número de la casa no era el 8 sino el 8 bis.

A las dos sonó el timbre de la puerta. El vecino de Bryce, que vive en el mismo 2.º piso, derecha, no izquierda, dijo en bata y con cierta alarma que hacía unos minutos un señor había tocado insistentemente en su departamento; que cuando por fin le abrió, ese señor, apenado sin duda por su equivocación y por haberlo hecho levantar, inventó que en la calle tenía una tortuga; que había dicho que iba por ella, y que si lo conocíamos.

Sobre un nuevo género literario

El *Times* de Londres publica todos los días una columna en que se registran los decesos de personas más o menos importantes. La mayor o menor relevancia del difunto determina el número de líneas, e incluso de palabras que se le dedican. Claro que si se trata del rey o del primer ministro las cosas cambian un poco; pero lo normal es que todo lector habitual del *Times* repase cada mañana esa lista y, si tiene cierta edad y cree haber realizado algo que valga la pena en esta vida, espere ocupar algún día en esa columna su propio número de líneas, de ser posible con una más que su rival más cercano.

Aquí en México, Luis Cardoza y Aragón declaró el otro día que nada lo asustaba más que responder la llamada telefónica de un periodista, pues sabía que irremisiblemente estaba siendo inspirada por la muerte de algún colega sobre el cual el diario quería saber su opinión. No señaló que su opinión debía producirse en ese instante, ni que tales preguntas lo toman a uno tan desprevenido que muchos escritores tienen escrito ya para esas oportunidades lo que piensan sobre determinados colegas que, o ya deberían haber fallecido, o se supone que están próximos a hacerlo.

Por más inmortales que lleguen a ser, es evidente que los escritores, los artistas y, si hay que forzar las cosas, las personas en general, se mueren. Algunos, movidos por razones que comúnmente se llevan con ellos, se suicidan; otros van en un avión y el avión se cae; otros, como Chaikovski, eufóricos ante el éxito de su última sinfonía, se toman unas copas de más y, en la madrugada, tragan un vaso de agua del Neva sin hervir y mueren del cólera una semana después.

Comoquiera que sea, ¿por qué entre nosotros el hecho de que cierta gente fallezca debe desencadenar tal número de esquelas mortuorias en los diarios, que aparte de poner en duda la capacidad de los lectores para captar una noticia, muchas veces no hacen sino dejar al muerto en ridículo al revelar que aquel que estuvo siempre dispuesto a dar la vida por las causas más revolucionarias era consejero de una fábrica de garrotes de policía o de algo por el estilo? Cuando se trata de algún escritor o artista el acontecimiento provoca tal cantidad de opiniones instantáneas sobre su vida y su obra que (tales opiniones) han terminado por convertirse en un nuevo género en el cual hay que ejercitarse prácticamente todos los días, y que llamaré género obituario.

Es de suponer que en una medida u otra todo escritor anhela ser original o cuando menos no repetirse mucho. El principal problema que el género obituario presenta es el de la improbabilidad de ser originales y no reiterar los mismos juicios respecto de los más diversos difuntos. Después de tres muertos ilustres sobre cuyo fin uno ha expresado ya su desconsuelo, ¿qué queda por decir del cuarto? El género existe, muy bien, ya lo inventamos; pero probablemente no haya habido nunca otro con menos posibilidades y menor futuro.

En sus momentos de extrema languidez, la novela se las ingenia para revitalizarse recurriendo al antihéroe, y en este campo, con un poco de audacia, el autor puede darse vuelo describiendo hasta las más íntimas acciones fisiológicas del personaje principal, como sucede con Leopoldo Bloom en Ulises. Cada vez que lo necesita, la poesía halla la forma de negarse a sí misma como tal y los poetas enfrentan pocas dificultades con su arte, pues calculan que entre mayor sea el número de prosaísmos que logren introducir en sus obras la crítica las tendrá por más poéticas. El cuento ya no reconoce reglas y uno puede alargarlo y acortarlo y soltar cuanta tontería se le ocurra sin pensar en exposiciones, desarrollos, nudos ni desenlaces. Pero dentro de este género, el obituario, ¿qué oportunidades se presentan de inventar algo? Ninguna. ¿Qué declarar (que no esté declarando al mismo tiempo otro escritor, por otro teléfono) del amigo querido cuya persona amábamos pero cuyos libros no nos parecían de ninguna manera tan buenos; o, al revés, cuya obra admirábamos y secretamente envidiábamos pero cuyas actitudes políticas nos repugnaban o nos daban risa? ¿Cómo se puede ser absolutamente franco cuando una voz, envuelta en los ruidos de máquinas de escribir, las toses de fumador y los gritos propios de la redacción de cualquier periódico nos dice: «Acaba de fallecer Fulano de Tal, ¿qué opina de él y de su obra»?

A determinada edad uno se sorprende de muy pocas cosas, pues aun sin quererlo uno se ha vuelto filósofo y eso de conservar la capacidad de asombro ha quedado únicamente como ideal. De manera que aunque lo declaremos así, en realidad la noticia no nos desconcierta. Por otra parte, todos tenemos la valentía de lanzar bromas o chistes y de insinuar lo que de veras pensamos de alguien que murió hace un siglo; pero hacer lo mismo para verlo publicado a la mañana siguiente con relación a alguien que expiró hace apenas media hora, no solo es de mal gusto sino que da miedo. Bueno, sin ir a los extremos, uno podría confesar que apreciaba mucho a la persona, pero que no conocía sus trabajos y que prefería no pronunciarse en ese momento; o que no sabía nada ni de la persona ni de su obra y que lo disculparan y dejaran abierta la oportunidad para cualquier próximo muerto del día. Pero la vanidad también tiene nombre de mujer y en la mayoría de los casos la tentación de aparecer en los diarios es más fuerte que cualquier sinceridad, timidez o ignorancia; sin contar con que por su parte, subido en tu hombro, el Diablo te susurra al oído que si te preguntan es porque eres alguien y que si eres alguien no puedes quedarte callado; y si opones resistencia, al Diablo le queda aún el argumento de que si te obstinas en no opinar va a parecer que no te toman en cuenta.

De ahí a improvisar un panegírico sobre el autor y su obra, aparte de la pérdida que su muerte significa para el país y el mundo, solo hay un paso. Paso que naturalmente uno da, para enterarse al día siguiente, con nuevo estupor y nuevo arrepentimiento, de que Zutano y Mengano y Fulano poseen los mismos gustos de uno, los mismos juicios críticos, y la misma tremenda capacidad de afecto por los amigos desaparecidos.

La autobiografía de Charles Lamb

Las buenas autobiografías son siempre las
biografías ideales de los buenos lectores.

Eduardo Torres

No conozco muchos autorretratos de escritores, y si me
pongo a pensarlo creo que el único que recordaba hasta
hace un tiempo era el de Cervantes; pero esto es fácil, porque uno recuerda todo lo de Cervantes. Me refiero naturalmente a esos retratos por fuera, no del alma (que por supuesto siempre es hermosa) sino del cuerpo y del rostro y
de ciertas costumbres o vicios que la mayoría trataría de
ocultar a los ojos de sus contemporáneos, y de la posteridad.

Tampoco, aparte de la de Cervantes, hay que yo sepa muchas despedidas de este mundo; ni menos tan dramáticas y
sinceras como la suya. Hubo una época, no muy lejana, en
que los escritores y otros grandes hombres escribían su epitafio o preparaban con tiempo sus «últimas palabras». Pero
es evidente que de pronto los escritores dejaron de ser grandes hombres, y ahora se contentan con expirar, la mayoría de
las veces con una máscara de oxígeno cubriéndoles el rostro

o rodeados de tantos médicos y enfermeras que les es imposible contar con un buen testigo a quien decir su frase y pasar sin más a la otra vida.

¿Y las autobiografías? Cuándo comenzaron y cuándo terminarán de publicarse no lo sé; pero hoy se escriben más que nunca, y en el momento en que a un autor le queda poco que decir, por lo general declara que está escribiendo su vida.

Cada quien haga lo que guste y lo que pueda. En el prólogo de las *Novelas ejemplares* Cervantes se retrata no muy favorablemente, cargado de espaldas y con escasos dientes; en la dedicatoria del *Persiles,* y apenas cuatro días antes de morir, se despide de sus amigos y se cita con ellos más allá de la muerte todo en tres líneas; y con modestia deja que su epitafio sea el *Quijote.*

Charles Lamb era un hombre bajito, tímido y sarcástico, cosas que, si uno se fija, tienden siempre a juntarse; y es el autor de los *Ensayos* de Elia, a través de los cuales dejó un testimonio de cómo, pase lo que pase, después de todo el mundo puede ser visto con una sonrisa.

Nació en Londres en 1775 y fue amigo de sus grandes contemporáneos Coleridge, Hazlitt, Wordsworth, a quienes escribió cartas que, como probablemente era su intención, lo colocaron en la posteridad. En sus ensayos se ocupa de cualquier cosa: el oído para la música, los sonetos de Sir Philip Sidney, la conducta de las personas casadas, y es probable que después de Montaigne nadie se haya desnudado ante el público en otro libro de tan buena fe.

Muchos empleados públicos, mayores y menores, se hacen la ilusión de que al dejar sus cargos comenzarán a escribir. Y algunos lo hacen. Pero cuando Lamb se retiró del suyo hizo lo contrario: dejó de escribir. Lo mejor de su obra fue escrito en su escritorio de burócrata y fue bajo ese mismo techo de oficina en donde conoció al empleado de quien tomó el nombre de Elia, nombre en el cual otros quieren ver el anagrama *A lie* —una mentira—. Sus ensayos son lo mejor que produjo, pero quizá sean demasiado buenos, por lo que su popularidad se basa ahora en las obras de Shakespeare recontadas para niños por él y su hermana Mary. Lamb amaba las frases agudas y arriesgaba lo que fuera por una salida ingeniosa. Por lo que se refiere a sí mismo, en el estreno de su comedia, *Mr. H.,* que fue un fracaso, se unió a los que silbaban.

Cuando tenía veintiún años, casi ante su vista, su hermana Mary, en un ataque de la locura que la acompañó toda su vida, mató a la madre de ambos a cuchilladas; y durante treinta y tres años fue el empleado puntual de una oficina del Gobierno. Cualquiera de estas dos desgracias pudo convertir a Lamb en un desdichado. Pero él se negó tercamente a serlo, y fue así como a principios del siglo XIX y bajo el influjo de Cervantes escribió en una sola página su autobiografía, que es al mismo tiempo su autorretrato, que es al mismo tiempo su despedida y su epitafio, y una hazaña literaria probablemente irrepetible.

Me gusta la idea de que se trata de un hallazgo mío esta precisa relación Cervantes-Lamb. Pero en esto me encuentro siempre con un problema: y es que cada vez que creo descubrir algo de este género (y me atrevo a publicarlo), algún amigo mío erudito me escribe desde donde esté, o me lo dice en el coctel con una sonrisa si está cerca, que tal cosa ya había sido vista por el profesor (aquí danés, o polaco, o puertorriqueño, nunca español, no sé por qué) Fulano; y que mi hallazgo se encuentra en el N.º tal, Vol. tal, del Anuario tal en la Biblioteca del Congreso de Washington, que para él es como decir a la vista de los simples mortales; o que de cualquier manera mi supuesto descubrimiento es una tontería. Sin embargo, me consuela no ser precisamente el único lego de la lengua española.

Y así, corriendo todos esos riesgos, me he atrevido a traducir la *Autobiografía* de Lamb y ofrecerla ahora a ustedes con espíritu decimonónico y todo:

Charles Lamb nació en el Inner Temple, 10 de febrero, 1775; educado en el Hospital de Cristo; más tarde empleado en la oficina del Contador de la East India House. Jubilado de este servicio en 1825, después de treinta y tres años en el mismo, es ahora un caballero libre. De su propia vida pocas cosas recuerda que valga la pena anotar, excepto que una vez atrapó *(teste sua manu)* una golondrina en pleno vuelo. De estatura menos que mediana; rasgos faciales ligeramente judíos, pero sin ningún tinte judaico en su naturaleza religiosa. Tartamudea abominablemente, de donde resulta más apto para despachar su conversación ocasional con un raro aforismo, o con una pobre evasiva, que para edificar e instalar discursos. En consecuencia, ha sido difamado como alguien que aspira siempre a ser ingenioso, lo que por lo menos según le dijo a un tonto que lo acusaba de esto, es tan bueno como aspirar a la tontería. Come poco; pero no bebe poco; confiesa cierta parcialidad por la producción de ginebra; fue un furioso fumador de tabaco, pero, quizá parecido a un volcán apagado, ahora solo de vez en cuando emite una bocanada.

Ha sido culpable de introducir entre el público un cuento en prosa titulado *Rosamund Gray;* un drama corto llamado *John Woodvil;* una «Oda de despedida al tabaco», con varios otros poemas, y algún material en prosa ligera, todo recogido en dos delgados volúmenes en octavo y pomposamente bautizados como sus «Obras», aunque en realidad fueron sus diversiones. Sus verdaderos trabajos pueden ser encontrados en los anaqueles de la Leaden Hall Street, llenando algunos cientos de folios. Es también el verdadero Elia, cuyos ensayos se hallan en un pequeño volumen publicado hace un año o dos; y bastante mejor conocido por ese nombre, que no significa nada, que por cualquier cosa que haya hecho, o pueda esperar hacer, bajo su propio nombre.

Fue también el primero que llamó la atención sobre los viejos dramaturgos ingleses, en una obra llamada *Muestras de dramaturgos ingleses que vivieron alrededor de la época de Shakespeare,* publicada hará unos quince años. En pocas palabras, todos sus méritos y deméritos por exhibir llenarían el libro del señor Upcott, pero quizá no serían contados con veracidad.

Murió el __ de 18__, muy lamentado.*
Testigo, su mano,

Charles Lamb
18 de abril, 1827

A cualquiera, se le ruega llenar los blancos.

Publicado póstumamente en el *New Monthly Magazine,* abril de 1835.

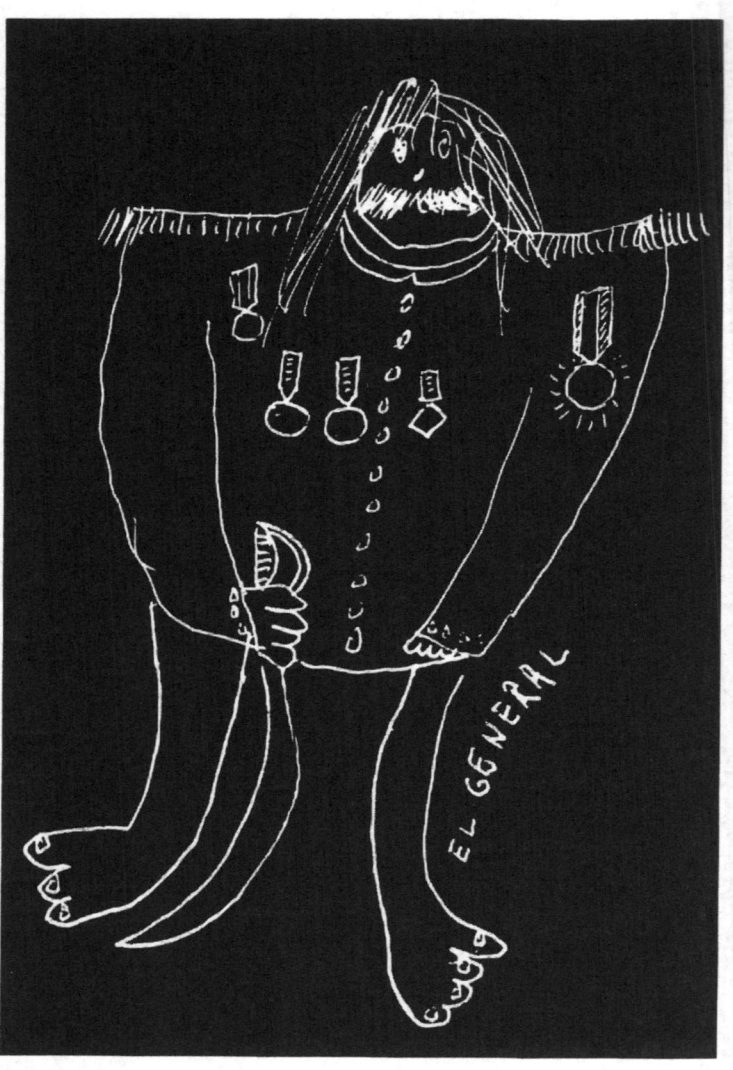

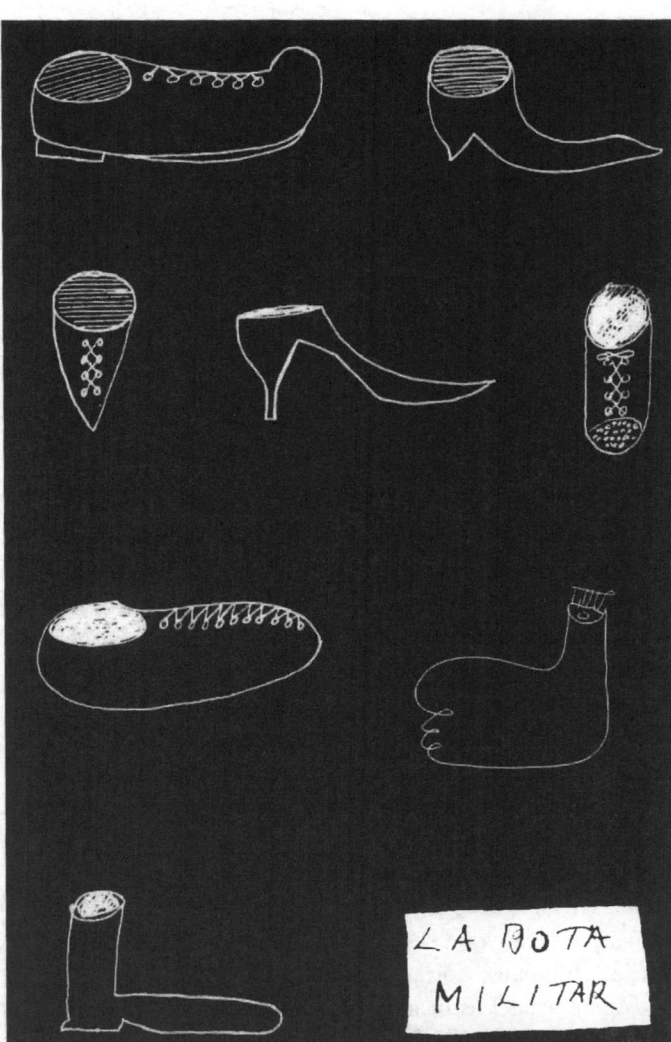

LA BOTA
MILITAR

Novelas sobre dictadores I

Entre las muchas cosas que Hispanoamérica no ha inventado se encuentran los dictadores; ni siquiera los pintorescos y mucho menos los sanguinarios. Los dictadores son tan antiguos como la historia, pero nosotros, de pronto, asumimos alegremente esa responsabilidad y en Europa, que con dificultades ha vivido sin uno desde que los romanos les dieron nombre, hace algunos años comenzaron a pensar qué divertido, cómo Hispanoamérica puede dar estos tipos tan extraños, olvidando que ellos acababan de tener a Salazar, a Hitler y a Mussolini, y que todavía contaban con Francisco Franco.

Y fue así como en un momento dado la literatura hispanoamericana se dio a producir novelas sobre tiranos, y hoy tenemos varias que se leen, se discuten y se traducen; y unas son buenas y otras no tanto.

Miguel Ángel Asturias había escrito ya la suya, que firmó literalmente así: Guatemala, diciembre de 1922, París, noviembre de 1925, y 8 de diciembre de 1932, lo que abarca, es de suponer, no una década de trabajo sino diez años de interrupciones. Por otra parte, las fechas y los lugares que algunos autores ponen al final de sus obras son dudosos. Durante la invasión fascista de Etiopía en los años treinta, un poeta que jamás puso un pie fuera de Guatemala firmaba siempre sus poemas en Addis Abeba.

El dictador de que trata Asturias en *El señor Presidente* era un licenciado tristísimo, Manuel Estrada Cabrera, quien después de gobernar siniestramente el país durante veintidós años fue arrojado del poder en 1920, y del que por supuesto se cuentan aún tantas cosas extravagantes que darían como para diez novelas más.

En 1931 subió a la presidencia de Guatemala otro de estos sujetos, esta vez un militar de cabalgadura blanca y mechón napoleónico, el general Jorge Ubico, tan implacable como el anterior pero algo tonto y con menos suerte literaria, pues en catorce años de tiranizar el país no fue capaz de crearse una leyenda. Lo mejor que he oído de él es que en un pequeño espacio de su oficina presidencial había instalado una silla de dentista en la que torturaba las muelas de sus ministros cuando estos lo hacían enojar; y que lloró y renunció a la presidencia en el momento en que su médico de cabecera le dijo que el pueblo ya no lo quería; lo que apenas daría para un cuento más bien ambiguo.

Aunque Asturias terminó su novela desde 1932 en el entonces lejano París, no fue sino hasta 1946 cuando la publicó en México, en la esforzada editorial Costa-Amic, que pronto la guardó sin remedio en sus bodegas. Meses antes, en otra editorial mexicana, esta sí muy conocida, y cometiendo el error que parece ser constante en las buenas editoriales, el licenciado Daniel Cosío Villegas la había rechazado categóricamente, con recomendación de Alfonso Reyes y todo. Pero entonces sucedió algo bueno. Mientras el novelista bajaba las escaleras de la editorial con el libro repudiado bajo el brazo, recordó las palabras de aquel funcionario: «No puedo publicar su señor presidente», y vio que su título anterior era muy malo y que ahora tenía el adecuado: «El señor Presidente».

En 1947 el gobierno revolucionario de Guatemala (pues a todo esto la revolución encabezada por Jacobo Arbenz había ocurrido y por primera vez en su historia el país tenía un régimen democrático libremente elegido) envió a Asturias a Buenos Aires con un cargo diplomático bastante modesto. Allí ocurrieron tres cosas decisivas para él y su destino literario: encontró a la argentina Blanca Mora de Araujo, más conocida por Blanquita, y se casó con ella; dejó de beber y llevó *El señor Presidente* a la editorial Losada. Estar publicado en aquellos días por esa editorial era algo que Asturias con dificultad hubiera soñado. Pero el milagro se produjo y el libro, ahora sí, empezó a ser leído por un público numeroso y por críticos que, ajenos a las mezquindades lugareñas que habían venido persiguiendo a Asturias a los ojos de muchos —un alcoholismo sin freno acompañado de una fama un tanto negra como periodista radiofónico—, lo apreciaron y vieron en él valores que la cercanía y la amistad no habían dejado ver a sus conocidos en Guatemala y en México.

Y de esta manera, Asturias, que siempre había querido ser poeta y cuya tarjeta de visita era una carta-prólogo de Paul Valéry a sus *Leyendas de Guatemala* traducidas al francés por el entonces famoso y hoy olvidado cómo se llama, se vio convertido en novelista célebre, lo que le gustó y lo indujo a escribir otras novelas esta vez no tan buenas, y cuentos, y a publicar un libro de relatos sin duda extraordinario, *Hombres de maíz,* que consolidó su posterior enorme fama y difusión.

Todo esto fue el origen de algo que se traduciría en la producción por otros autores de novelas con el mismo tema y con menor o mayor calidad, pero ya sin el tremendo efecto de la de Asturias, que por primera vez había dado a los lectores y críticos de otros países de América y de Europa la visión de un mundo indígena con resonancias universales. Un mundo no necesariamente pintoresco o anecdótico que esos lectores difícilmente hubieran podido imaginar de otra manera que a través de la literatura, con frecuencia atrabiliaria, de este hombre que suponían maya y no lo era, pero cuyos personajes sí lo eran y muchas veces hablaban como desde los remotos tiempos del *Popol Vuh,* el libro sagrado de los antiguos guatemaltecos.

Al mismo tiempo:

—¡Qué raro! —decían en Europa cuando leían *El señor Presidente*—. ¿Cómo puede haber en alguna parte esos hombres tan malos que espían y matan a la gente?

Y mientras leían incrédulos las maldades que Estrada Cabrera cometía en Guatemala a principios de siglo, se paseaban entre las ruinas y reconstruían pacientemente sus ciudades buscando bajo los escombros documentos de la Gestapo.

Por su parte, nuestros críticos, por buscar también algo, buscaban antecedentes y se ponían felices cuando encontraban el *Tirano Banderas* de don Ramón del Valle-Inclán, y los especialistas norteamericanos exclamaban con júbilo en los congresos de escritores:

—¡Don Ramón del Valle-Inclán es el padre de Asturias y de todos los tiranos de la literatura norteamericana!

Y así era. Y Asturias lo convirtió en el abuelo. Y por haberse portado como niño bueno, en 1967 le dieron en Suecia su premio, su premio Nobel.

Novelas sobre dictadores II

Después de sus libros, lo que los escritores más le regalan a uno son temas. Casi no pasa día sin que alguien le diga a uno: «Esto es como para un cuento tuyo», o: «¿Por qué no escribes una fábula en que las moscas se salven del pastel y tengan muchos hijos y vivan felices por muchos años?». Y así por el estilo. Y uno tiene que reírse y decir sí, sería bueno, y aceptar el tema con entusiasmo para olvidarlo convenientemente en ese mismo instante. Pero los colegas y los simples mortales son generosos y una vez puestos a regalar lo hacen a manos llenas. Y cada vez que algo les parece interesante te lo regalan y uno se va convirtiendo como en el depositario de todos los temas del mundo.

Otra cosa que se dice ahora con frecuencia es que uno no escoge los temas sino que los temas lo escogen a uno; y es probable que el primero que dijo esto (yo lo leí por primera vez en Elizabeth Bowen en 1954) haya dado un salto de alegría ante tan lindo hallazgo. Pero esa frase, como tantos otros productos del ingenio humano, pasó a ser un lugar común que en la actualidad, penosamente, muchos escritores repiten como si ellos la acabaran de acuñar, y se quedan contentos y el reportero la anota resignado y les dice ¡qué bien! Y luego la frase pasó a los políticos y ahora estos también dicen compungidos que la política los escogió a ellos y, naturalmente, que a eso se debe su sacrificio por el pueblo.

Y aún queda Pirandello.

Cuando en 1921 Luigi Pirandello soltó al mundo desde Italia sus seis personajes en busca de autor probablemente estaba lejos de imaginar que de ahí en adelante cada personaje de novela, cuento o drama haría lo que quisiera con el inocente escritor que se pusiera a tratarlo; y ahora todos vivimos aterrados y cada vez que intentamos algo tememos estar fabricando frankensteines incontrolables.

Con todo esto en el aire, en una ocasión estuve a punto de escribir sobre Anastasio Somoza padre; pero me salvé.

En los primeros meses de 1968 Mario Vargas Llosa me escribió desde Londres una carta. Eran los días en que una canción de los Beatles tenía más importancia que cualquier discurso en cualquier parlamento; en que los jóvenes de gran parte del mundo en que hubiera discos, radios de transistores y, por qué no, de cuando en cuando un poco de mariguana, se hartaron de las autoridades, de toda persona mayor de treinta años (debo confesar que yo estaba harto de toda persona mayor de diez); de los policías; de los banqueros; de los psicoanalistas; y sobre todo de sus padres, casi tanto como sus padres estaban hastiados de ellos. Pocos días después estos jóvenes indignados dirían de mala manera ¡basta! en París, y en México les dirían ¡basta! de peor manera aún, como algunos recuerdan; y eran los días en que Cuba consolidaba su Revolución y en que Lyndon Johnson y sus jóvenes se empantanaban más y más en Vietnam.

En su carta, en la que se reflejaba el entusiasmo contagioso de esos lejanos tiempos, el reciente autor de *La ciudad y los perros* me proponía participar en un proyecto literario ciertamente interesante: un libro de cuentos sobre dictadores hispanoamericanos. Y ese libro estaría formado con cuentos escritos especialmente para él por los siguientes autores: Alejo Carpentier (quien se encargaría del cubano Gerardo Machado), Carlos Fuentes (del mexicano Antonio López de Santa Anna), José Donoso (del boliviano Mariano Melgarejo), Julio Cortázar (del argentino Juan Domingo Perón), Carlos Martínez Moreno (del argentino Juan Manuel de Rosas), Augusto Roa Bastos (del paraguayo José Gaspar Rodríguez de Francia), Mario Vargas Llosa (del peruano Luis Miguel Sánchez Cerro), y, finalmente, Augusto Monterroso, o sea yo, del nicaragüense Anastasio Somoza padre, al cual lo mejor que le sucedió en la vida fue que el presidente de los Estados Unidos Franklin Delano Roosevelt lo honrara diciendo de él que era un hijo de puta, pero de cualquier manera suyo, de los norteamericanos.

El proyecto me pareció entonces espléndido, y me lo sigue pareciendo hoy. Aunque yo piense que la literatura no sirve gran cosa para cambiar la situación política de ningún país, los dictadores han sido y seguirán siendo siempre buenos temas literarios. *Los idus de marzo*, de Thornton Wilder, y *El joven César* y *César imperial* de Rex Warner, para poner solo dos ejemplos de lo que puede hacerse con

Julio César, constituyen una permanente tentación de elevar al rango de personajes literarios a estos seres nuestros, si se quiere de segunda o tercera clase para una tragedia griega y aun romana, pero quizá, hasta de primera desde que James Joyce asignó a Leopoldo Bloom el lugar de Ulises como héroe de nuestro tiempo.

Han pasado cerca de quince años desde que recibí la carta de Vargas Llosa y el libro no ha aparecido, lo que me autoriza a imaginar que todo se quedó en proyecto y que ya se puede hablar de él como parte de la invencible *Historia literaria de lo que no se escribió*.

Y sin embargo, y por eso cuento esto, no es aventurado suponer que ese proyecto, que probablemente quedó en nada, haya sido el origen de tres grandes novelas hispanoamericanas de nuestro tiempo: *El recurso del método* de Carpentier, *Terra nostra* de Fuentes, y *Yo, el supremo* de Roa Bastos.

Quiero creer que, a Carpentier, Machado le pareció demasiado cercano; que a Fuentes le quedó pequeño Santa Anna, y que Roa Bastos vio que un cuento ofrecía muy poco espacio para todo lo que tenía que contar en una novela. De los otros autores invitados, cada quien su vida.

En cuanto a Somoza, a mí no me gustó como tema y no lo pensé mucho para renunciar a él y al libro y a toda la gloria que el proyecto traía consigo. Pero la verdad es que el tema me dio miedo, miedo de meterme en el personaje, como inevitablemente hubiera sucedido, y de empezar con la tontería de buscar en su infancia, en sus posibles insomnios y en sus miedos y terminar «comprendiéndolo» y teniéndole lástima; y así, recordando a Pirandello, renuncié a trabajar en un Somoza al que como juez me habría gustado mandar fusilar pero que como escritor habría llegado a presentar en toda su indefensión y miseria, y cobardemente renuncié al proyecto, y pocos días después de recibida su carta le contesté a Mario Vargas Llosa que no, que muchas gracias.

De lo circunstancial o lo efímero...

Desde el primer momento, cuando lo vio entrar, supo de qué se trataba; pero de todos modos tenía que permitir que fuera él quien se lo dijera. Entonces, con un papel en la mano, él le informó:

—Me lo gané.

—¿Qué cosa? —respondió ella perseverando en dejar entender que no imaginaba nada. Vocacionalmente buena, sabía que con su actitud expectante le proporcionaba una alegría extra.

Por supuesto él sabía que su mujer sabía; pero estaba seguro asimismo de que si en el matrimonio no se sigue este juego las cosas, de puro sabidas, terminan por perder interés, ya que en ese estado al cabo de cierto tiempo el uno y el otro se conocen tan esencialmente que en el momento en que uno piensa en cualquier cosa el otro por lo general está pensando esa misma cosa, y a veces hasta la dicen los dos simultáneamente ante el asombro de ambos, que siempre declaran: qué curioso, en eso mismo pensaba yo; sin que ninguno sepa de qué manera, pero en forma tal que los dos terminan por creer y en ocasiones hasta por estar seguros de que eso significa quererse, y uno y otro lo comentan y conversan del tema entusiasmados y todavía unos minutos después, cada quien por su lado, queda como reflexionando que sí, que efectivamente eso significa quererse.

—El premio del concurso. El coche.

—¡No! —dijo ella pensando esto hay que celebrarlo, voy a sacar hielo para el ron. Y creyéndolo más que nunca añadió:

—No lo puedo creer.

Contra su timidez, y más que nada contra el peligro de que su mujer sospechara que de veras se sentía escritor, él se atrevió a comentar:

—Para mí lo importante es haber escrito el cuento y haberlo enviado al concurso aunque perdiera. El coche no me interesa.

«¿Cómo?, ¿con la falta que nos hace?», pensó ella. Y se imaginó a sí misma con el cuello envuelto en una bufanda de lana manejando por la avenida Reforma y diciendo adiós a sus conocidos con un despreocupado movimiento de la mano izquierda mientras con el rabillo del ojo derecho vigilaba que todo fuera bien con la marcha. Pero nada más por seguir el mecanismo de la conversación propuesto sin énfasis:

—Pues si no lo quieres lo vendemos.

—Bien sabes que no se trata de eso —dijo él—. Claro que lo quiero. Pero ¿no te alegras? Fíjate, escribo el cuento casi sin ganas, únicamente por ver qué salía, como jugando, y me gano el premio. ¿A mí qué me importa el coche? Ahora me gustaría más poder escribir, bueno, leer, escribir.

—Entonces, déjamelo a mí —dijo ella. Y consideró en serio esa posibilidad, aunque en el mismo momento empezó a recordar que cuando se hallaba en la ventana de un edificio alto y miraba a la calle le daba miedo pensar lo que sentiría allá abajo el día que tuviera que manejar entre tantos coches que desde arriba se veían como moviéndose solos, como juguetes o como quién sabía qué.

—Te repito —dijo él recibiendo cuidadosamente de manos de ella otra copa de ron con agua y hielo— que para mí el coche es lo de menos. Lo bueno es que ahora sí voy a escribir.

—Claro que sí —dijo ella.

—No quiero seguir toda la vida corrigiendo pruebas. Ni tú ni yo manejamos —agregó, como si de pronto descubriera este hecho y viendo fijamente sus zapatos nuevos.

—Muy bien, muy bien, ni tú ni yo manejamos, ¿vamos a contratar a un chofer? —afirmó ella dos veces y preguntó una, a sabiendas de que era tan obvio lo primero como absurdo lo segundo, y de que quizá la respuesta de su marido sería: «¿No se te ha ocurrido que podemos aprender?», en tanto que él, mientras añadía un poco de ron a su copa porfiaba entusiasmado en que qué bueno que se había decidido y que ahora sí iba a escribir aunque no comieran y aunque a ella no le gustara.

Pero ella, añadiendo otro tanto a su copa, declaró:

—¿Cuándo me he opuesto yo? Tú a lo tuyo, que es lo único que te importa. Yo voy a aprender y ya. Bueno, quién sabe si tú puedes, con tus nervios.

—¿Qué pasa con mis nervios?

—Basta verte en este momento.

—En este momento es otra cosa. Bueno, bien, estoy nervioso; pero a mí me alegra el premio por lo que di, no por lo que me hayan dado. No creo que esto lo entiendas —persistió él preguntándole si deseaba más ron y sirviéndose más a sí mismo.

Para ordenar la discusión ella dijo que él bien sabía que a ella también le alegraba por eso; pero que lo que ella decía era que aprendía él o aprendía ella o aprendían los dos.

—Muy bien, aprende tú. De ahora en adelante tú te dedicas a lo tuyo y yo a lo mío. Si quieres, después cambiamos.

—¿Por qué tienes que ser sarcástico conmigo? —dijo ella súbitamente ofendida en serio y añadiendo que él no era más que un acomplejado como toda su familia, que le daba miedo progresar.

—No soy sarcástico contigo —respondió él—; en serio: si lo deseas cambiamos, de ahora en adelante tú escribes y yo cocino.

—¿Ves? Lo que quieres es que yo no use el coche. Bien sabes que nunca vas a escribir porque te mueres de temor o de vanidad, o de miedo al fracaso, o al éxito o a saber a qué diablos —fue destilando ella con lentitud y firmeza, animada a la crueldad por un resentimiento desconocido y por el alcohol y con la intención de herir de veras a fondo.

—¿Empezamos otra vez? —interrogó él, seguro de que así era, de que una vez más empezaban.

—Sí, y otras mil veces, porque eres un egoísta. Desde que llegó, él no había hecho otra cosa que hablar y hablar de escribir sin importarle un comino si ella iba a manejar el coche o no. Y volviendo a la realidad, ¿no se le había ocurrido a él una cosa? ¿En dónde iban a meter el coche? Estaba contenta de haber encontrado esa nueva dificultad y de que a ella sí se le hubiera ocurrido; pero guardó esto como reserva.

—¿Cuándo lo entregan? —añadió más bien. Empezaba a sentirse cansada, como si de pronto sospechara que tanto ella como él no eran más que personajes de algo escrito por alguien no sabía cuándo, ni movido por qué motivos, ni interesado en satisfacer qué necesidades internas, ni atraído por qué premios.

—Entre el quince y el veinte.

Mientras lo decía él también comenzó a sentir el probable cansancio que experimentarían los lectores de su cuento, como si careciera de existencia propia y como si lo que pensaba estuviera en realidad siendo pensado por otro. Sacudió la cabeza antes de añadir:

—Deberías recibir clases desde ahora. Bien, no discutamos más. Lo bueno fue que no hicieron trampa.

—¿Y si la hicieron? —dijo ella. Después de cinco años de matrimonio con un escritor o lo que fuera estaba bien entrenada en el género de conversación en que lo que uno piensa en serio lo dice como si fuera broma y viceversa—. Entre ustedes todos se conocen.

A pesar de que él estaba seguro de que se trataba de un chiste, las palabras de su mujer no dejaron de inquietarlo. Recordó entonces las bromas de sus amigos cuando comentaban en la oficina la posibilidad de participar en el concurso: «¿No irá a haber trampa?», decía astutamente uno. «Si no la hacen yo no entro», decía con una sonrisa de inteligencia otro, y todos se reían apoyando sus respectivos rasgos de ingenio en tanto que se recordaban mutuamente cómo se hacían esas cosas. Todo dependía: unas veces ganaba uno por amistad, otras perdía otro por enemistad, y al revés, y así hasta el infinito, todo ilustrado con nombres de anteriores premiados que no dejaban lugar a la menor duda y que constituían el mejor remate de sus argumentos. Y luego venían los comentarios sobre la dificultad de las bases del concurso, tan vagas, y aparte lo vagas, tan chistosas: «El tema deberá referirse a cualquier situación o desarrollo de hechos entre personas o instituciones y que puedan ocurrir cuando se sobrepase la satisfacción de necesidades, llegándose al exceso, al derroche, al despilfarro; cuando los recursos disponibles, más si son limitados o modestos, se destinen a lo superfluo; cuando, en suma, una persona o muchas o aun un país entero, desvíen recursos a compras excesivas, bajo los estímulos de la imprevisión, de la imitación, de la vanidad, de la apariencia, de lo circunstancial o lo efímero, en lugar de ponerlos al servicio de la producción de bienes». Ese era el «tema» del concurso. Bonito tema, ¿no era cierto?

Pero dejándose de cosas y de coches, ahora lo importante era que había ganado; sobre todo, que había escrito algo y que lo había enviado sin temor al fracaso y que había ganado. ¿No era esto en el fondo lo que pretendía el concurso? Viéndolo bien, ¿qué era lo que se trataba de desarrollar con él? ¿La industria del país en general, la automotriz en particular o la simple literatura? Sabía que muchos tratarían de seguir aquellos lineamientos en su forma más burda y de halagar a la fábrica de automóviles o a la industria nacional como un todo con tal de ganar, olvidando la finalidad de su arte. Pero con este último argumento, ¿no estaba él mismo, como podía pensarse que hacía el protagonista del cuento que envió y que nunca creyó que ganara, tratando de influir en el ánimo de los jurados, sus amigos quizá, poniéndolos en el dilema de decidir de qué lado estaba cada uno, si del de la industria o del de la literatura? Y una y otra vez se repetía a sí mismo que para él lo importante no era el premio, sino el hecho de que había participado y ganado, con una broma trillada, con la vieja tontería de escribir el cuento del que escribe el cuento, mediante la cual se concretaba a consignar una vez más que la vida era un cuento idiota contado por un idiota.

—Bueno, a lo mejor sí; pero no porque yo lo buscara —dijo, como despertando otra vez—. ¿Por qué no? Puede ser que se hayan dado cuenta de que era mío y que yo les caiga bien.

—¿Entonces?

—¿Entonces, qué?

—¿Cómo que qué?

—Ah, el coche. Quédate con él. Te digo en serio que no me importa.

—¿Lo ves? Aunque no lo quieras reconocer lo único que te importa es el coche, porque eres un egoísta. Bueno, llévatelo y regálaselo a cualquier puta —dijo ella pensando darle a entender una vez más que a él lo que le gustaban eran las mujeres que le sacaban el dinero, que lo engañaban, que no eran tan buenas como ella, y alzando más la voz, no con la idea de que él la oyera mejor sino con la de distraer su atención del hecho de que empezaba a servirse otra copa.

—Haz con él lo que te dé la gana —respondió él en la misma forma, sirviéndose también y viendo otra vez distraído los zapatos que acababa de comprar y que se había ido quitando porque hacía mucho que no estrenaba zapatos y los pies le ardían—. ¡Tíralo, regálalo o véndelo!

En tanto bebía su ron, ella pensaba está exaltado, siempre se pone así, necesita demostrarme que es el más fuerte, que las cosas materiales no le interesan; que lo que desea es escribir y que yo lo admire por eso y lo quiera no por lo que tiene, sino por lo que puede hacer desinteresadamente; que yo crea, como lo creo, que estaría dispuesto a dejarse matar por las tonterías de la literatura, o por un cuadro, o por ese tipo de cosas que todos admiran con razón, pero quién iría a pensar en hacer lo mismo por una guerra, o precisamente por las estupideces de que se ocupan otros, tipo negocios o qué. Pero por supuesto lo que contestó fue:

—Claro que sí; es lo que voy a hacer; a comprar lo que no puedo tener si mi hermana no me regala lo que le sobra para humillarme, o si tus amigos no te hacen el favor de obsequiarte un premio.

Ni lo iba a hacer ni se sentía humillada por nada; pero en las discusiones así era como se contestaba, aunque lo que estuviera inspirando el otro fuera deseo, o amor, o tal vez ternura, si bien nunca se sabía por qué razón todo esto mezclado casi siempre con odio.

—Bueno, no discutamos más —dijo él—; estás casada con un buen escritor o con un tonto.

Al contrario de lo que ocurría con él, que se creía lo último, ella estaba segura de que en realidad era lo primero: pero tanto porque comenzaron a tener apetito como por no dar más importancia a lo que cada uno sentía en ese momento, se dirigieron a la cocina a buscar algo de cenar. Una vez ahí se produjo un silencio en medio del cual, mientras masticaban lentamente y tragaban con dificultad un poco de pan con jamón, pues no era cosa de ponerse a preparar una cena en forma, pensaron en coches azules o rojos o del color que fueran, y en zapatos nuevos, y en largas avenidas llenas de coches y en horribles galeras de imprentas, y en pensiones para autos en que uno los dejaba seguros por la noche, y en revistas literarias en que el nombre de uno aparecía inmortalizado por un premio, y en discusiones animadas por el alcohol y en cómo había que llevarlas sin darse nunca por vencido, y en el amor y en sexos y en frases de reconciliación y en quién diría la primera; hasta que terminado el jamón y dos copas más, él dijo gracias, y ella contestó que de nada, ambos con el tono indiferente de quien jamás se hubiera visto antes, después de lo cual él con aire de dignidad o de decisión declaró voy a escribir, y se levantó y se dirigió a su cuarto y se sentó ante su pequeña mesa escritorio, y mientras ella se desvestía frente a él y se metía en su cama sacó una hoja de papel y con un lápiz en la mano se quedó viendo la hoja largamente, como hipnotizado por el color blanco, hasta que ella, a su vez, después de un largo rato de reflexionarlo fuerte o, como puede imaginarse, de serios exámenes de conciencia, le preguntó desde la cama, entre imperiosa y suplicante, sintiéndose abandonada y triste como la mayoría de las noches en que él se dedicaba a aquello:

—¿No vienes?

Por lo general, a las once y media de la noche uno se encuentra más que cansado del trabajo, de las pruebas de imprenta, de caminar con zapatos nuevos, de la oficina, de los amigos, de sí mismo, de discutir, de comer jamón con pan, de ganar premios, del propio entusiasmo; aparte de que a esa hora el alcohol lo hace a uno ver no solo me-

nos difícil el día siguiente sino muchísimo más fácil el glo-
rioso futuro; de manera que pensando en las frescas sába-
nas blancas y en lo que le esperaba en ellas respondió
conciliador y esperanzado mientras tomaba rápidamente
una última copa:

—Sí.

Los juegos eruditos

Alfonso Reyes la tituló «la estrofa reacia», y ha venido intrigando a los eruditos desde los tiempos del mismo Góngora. Se trata de la estrofa número XI de la Fábula de Acisy Galatea, conocida entre los amigos como «el Polifemo», poema en sesenta y tres octavas reales, que Luis de Góngora no llegó a ver publicado, como no vio publicado nada suyo. Reyes asegura que el poema estaba terminado a mediados de 1613. Góngora tenía entonces cincuenta y dos años y —dice Reyes, como quien desea dejar claro que el poeta no estaba loco— «era dueño de todos sus recursos poéticos».

Estrofa:

> Erizo es el zurrón de la castaña;
> y entre el membrillo o verde o datilado,
> de la manzana hipócrita, que engaña

a lo pálido no: a lo arrebolado;
y de la encina, honor de la montaña
que pabellón al siglo fue dorado,
el tributo, alimento, aunque grosero,
de el mejor mundo, de el candor primero.

De la erudición, lo que más me atrae es el juego. Y quiero suponer que lo mismo les ha ocurrido, desde antes de la muerte de Góngora hasta el día de hoy, a los sabios que obsesionados por una preposición han dedicado más tiempo a establecer el sentido de esta estrofa del Polifemo que a disfrutar tranquilos del poema. Pero las cosas son así, y aun uno, que debería dedicar su tiempo a lo suyo, cae a veces en estas tentaciones, que en el fondo quizá vengan a ser intentos disimulados de pasar a la posteridad como sea.

Hace algunos años Eduardo Torres se equivocó, o hizo como que se equivocaba, y explicó verso por verso la estrofa que no era, llamándola «una estrofa olvidada».

Como se sabe, en el *Quijote* hay errores de bulto claramente debidos al autor, y muchos que son simples erratas o minucias insignificantes que los correctores de pruebas dejaron pasar para la mayor gloria de don Diego Clemencín y otros comentaristas, de Francisco Rodríguez Marín para acá, que han convertido la lectura de sus notas al pie de página en una delicia solo paralela a la que produce la lectura del texto. Me adelanto a la suposición de que esto es una ironía. En realidad, con un poco que a uno le guste la literatura, uno puede pasarse noches enteras leyendo las objeciones que Clemencín ponía al texto de Cervantes y las defensas de Cervantes a cargo de Rodríguez Marín, no menos enloquecido por un ideal de justicia que el propio Alonso Quijano. Pero hay en el capítulo VI del *Quijote* un galimatías relacionado con galeras que nadie ha logrado desentrañar. Está en el párrafo que dice: «Con todo, os digo que merecía el que lo compuso, pues no hizo tantas necedades de industria, que lo echaran a galeras por todos los días de su vida». Se refiere al autor de *Tirante el Blanco* y esto, contra lo que parece, estaría dicho en su defensa, si uno toma galeras por galeras de imprenta. Y sin embargo, lo mejor es leer el párrafo sin preocuparse y seguir adelante: es bien sabido a lo que conducen esas intrincadas razones.

Sin duda menos descuidos hay en la *Divina comedia,* aunque no menos notas aclaratorias. Así y todo, hasta hoy ninguna ha sido capaz de dar una explicación satisfactoria del primer verso del canto VII del *Infierno: Papé Satán, papé Sa-*

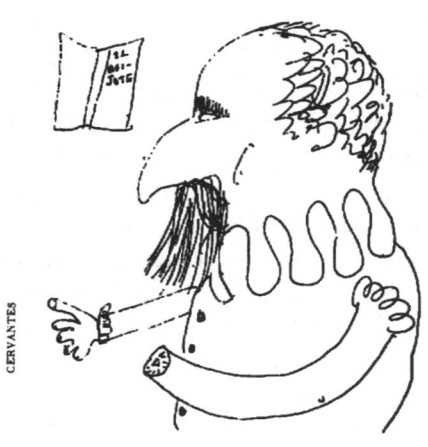

tán aleppe!, del que nadie sabe bien a bien lo que quiere decir. Pero la verdad es que los especialistas huyen de él como del diablo, en la misma forma que yo lo hago ahora.

Cuando llegué a México por primera vez, en 1944, pronto me encontré en la Facultad de Filosofía y Letras (a la que asistía como oyente en la cafetería) a Ernesto Mejía Sánchez y a Rubén Bonifaz Ñuño. Ambos eran poetas y ambos querían ser eruditos. Mejía Sánchez leía incansable a Góngora y Bonifaz a Garcilaso, y el primero hablaba de unas rimas sonoras que le había dictado no sé qué bucólica Talía, y el segundo de lágrimas a las que se les ordenaba salir fuera sin duelo. Pronto yo también, recién escapado de debajo de las patas de la caballería ubiquista, me aprendí de memoria mi Góngora y mi Garcilaso.

No obstante, fue con Bonifaz Ñuño con quien al cabo de unos cuantos años nos propusimos, jugando con la erudición cada quien a su manera, fijar de una vez por todas el sentido de la estrofa reacia.

La historia de esta estrofa es muy larga, pero para un lego puede ser entretenida en la medida en que como tal no se pierda en la maraña de los juegos eruditos, y no trate de aprender de memoria (y mucho menos de recordar con precisión los nombres de los escoliastas, que bastante se divirtieron ya por su cuenta) las variantes propuestas a lo largo de cuatro siglos de intentos de interpretación, ni de seguir los cambios propuestos para el lugar de las comas, los puntos y comas, los dos puntos.

El texto que transcribo, el del manuscrito llamado Chacón, es el de Góngora, con sus puntos y sus comas, y es el que Góngora no quiso nunca cambiar, ni mucho menos enmendar (recomendación esta última de sus amigos que lo sulfuraba), y ni siquiera, con orgullo de poeta deliberadamente difícil, *explicar.*

Vistas así las cosas, es de suponer que nadie tiene derecho a hacer cambios o enmiendas (no importa cuánto sea el amor que se le tenga) a un texto deliberadamente oscuro; pero sí, digamos, a *explicarlo,* aun a riesgo de salir con un disparate, como probablemente es mi caso.

La lista de los intérpretes modernos, que tomo de *El Polifemo sin lágrimas* de Alfonso Reyes, es la siguiente: Dámaso Alonso; Zdislas Milner; Roberto Giusti; Lucien-Paul Thomas; Augusto Soendlin; Alfonso Méndez Plancarte; Alfonso Reyes. A estos nombres hay que añadir ahora el de Rubén Bonifaz Ñuño, gran poeta y gran traductor de Virgilio, Ovidio, Catulo y Propercio.

Confieso que cuantas veces he tratado de escribir esto, es este el momento en que siempre me detengo, por vanas razones, a saber: 1) Me estoy metiendo en terrenos peligrosos, que además no son los míos; 2) es pretencioso tratar en un simple ensayo, y en media hora, de resolver un problema que ha durado cuatrocientos años; 3) es casi imposible que ningún lector haya llegado hasta aquí, a pesar de las excusas, circunloquios y pequeñas bromas con que he querido suavizar el tema; 4) consecuencia de 1): tengo miedo.

¿Pero por qué tener miedo de abordar un problema que se reduce a dudas de puntuación, a inseguridad en cuanto al valor de una preposición, a proponer, como es mi caso, el verdadero sentido de una palabra, suponiendo que ese fue el que le quiso dar un poeta más o menos muerto de hambre hace cerca de cuatro siglos? Ea. Adelante.

Cuando Góngora escribió los versos:

> Y de la encina, honor de la montaña
> que pabellón al siglo fue dorado,
> el tributo, alimento, aunque grosero,
> de el mejor mundo, de el candor primero

con que termina su estrofa, tenía tan claro, como yo lo tengo ahora y lo tuve siempre, que *tributo* está por *carga*.

El *Diccionario de Autoridades* registra así «tributo», 2.ª acepción: *Se toma también por cualquier carga continua*.

Y el de la *Academia:* tributo, 4.ª acepción: *cualquier carga continua*.

CÓNCORA

Mi proposición, para abreviar: Polifemo cuelga su zurrón en una rama de la encina, con lo cual convierte dicho zurrón en *carga* de esta.

He lamentado siempre, pero sobre todo en esta ocasión, no haber visto nunca un pastor, sino de lejos, desde el tren; y no creo recordar haber estado jamás cerca de una encina, pero por lo menos las he visto dibujadas o descritas en los diccionarios, y sé que tienen ramas.

Si reúno estas dos imágenes más o menos irreales para mí: un pastor con su zurrón y una rama de encina, me es fácil suponer que ese pastor, al buscar sombra bajo la cual descansar y tocar su zampoña (como por otra parte hace Polifemo en la estrofa siguiente), colgará su zurrón de dicha rama, acción con la cual lo convertirá en carga de la encina, que por supuesto Góngora no se contentará con denominar así (llamar a las cosas por su nombre estaba bien para Garcilaso) sino mediante su acepción más lejana, pues para eso era Góngora: *tributo,* no solo por ser este un término más culto que el vulgar *carga,* sino atraído por esa maravillosa *u* acentuada, imposible de resistir para un poeta de su oído.

¿Y ahora qué hago? ¿Caeré en la tentación de explicar aún más lo que siempre hubiera podido pasar sin explicación, como las galeras cervantinas del capítulo VI y el *Papé Satán aleppe* dantesco del canto VII?

No; prefiero no hacerlo: ya no sería juego.

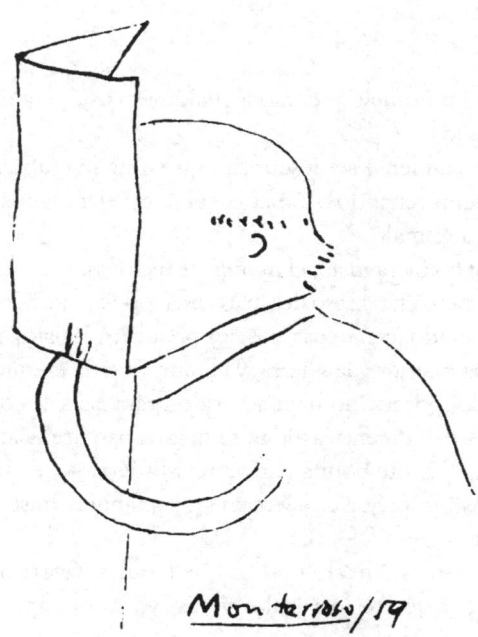

ALFONSO REYES

Monterroso/59

Cómo acercarse a las fábulas

Con precaución, como a cualquier cosa pequeña. Pero sin miedo.

Finalmente se descubrirá que ninguna fábula es dañina, excepto cuando alcanza a verse en ella alguna enseñanza. Esto es malo.

Si no fuera malo, el mundo se regiría por las fábulas de Esopo; pero en tal caso desaparecería todo lo que hace interesante al mundo, como los ricos, los prejuicios raciales, el color de la ropa interior y la guerra; y el mundo seria entonces muy aburrido, porque no habría heridos para las sillas de ruedas, ni pobres a quienes ayudar, ni negros para trabajar en los muelles, ni gente bonita para la revista *Vogue*.

Así, lo mejor es acercarse a las fábulas buscando de qué reír.

—Eso es. He ahí un libro de fábulas. Corre a comprarlo. No; mejor te lo regalo: verás, yo nunca me había reído tanto.

Entre la niebla y el aire impuro

Cuando en 1946 apareció *El señor Presidente,* Miguel Ángel
Asturias era ya un escritor y poeta ampliamente apreciado.
Sus *Leyendas de Guatemala,* publicadas por primera vez en
1930 y traducidas al francés por Francis de Miomandre, re-
velaron a cierto público europeo un mundo mágico americano en el que los mitos se movían con la perenne juventud
de lo eterno, como vivos, actuantes portavoces de un pasado siempre presente que impresionó a Valéry. Deslumbra-
do él mismo por la riqueza espiritual del universo indígena,
Asturias nos deslumbra con la recreación de historias de
dioses, animales y hombres que se complacían en inventar
a su vez el mundo, en una renovada lucha por explicarlo,
por asirlo, por trascenderlo y gozarlo. La obra poética de
Asturias, sin duda opacada por la fuerza y notoriedad de sus
narraciones en prosa, se impregna desde el principio y hasta el último momento de un aire mágico que no proviene
sino de aquel pasado que nosotros, provistos quizá de otras

antenas, no alcanzamos a percibir con la plenitud con que el poeta lo hace en comunicación directa con las piedras, los árboles, los rumores de un mundo perdido en el futuro remoto.

La palabra, elemento primordial. Cuando Alfonso Reyes habla de la jitanjáfora recuerda a Asturias como uno de sus inventores. La jitanjáfora, que lo expresa todo porque no significa nada. La mera oralidad infantil, la onomatopeya, la simple emisión de sonidos dicen más que cualquier otra cosa en boca de ciertos personajes del teatro y de la literatura modernos, desde Aristófanes hasta Ionesco: la forma de expresión de un submundo que pugna por hacerse oír, no por hacerse entender. *Papé Satán, papé Satán Aleppe,* grita Pluto en el Infierno. Voces que no significan nada, que no quieren decir nada, o que lo dicen todo. «¡Alumbra lumbre de alumbre, Luzbel de piedralumbre, sobre la podredumbre! Alumbre, alumbra, lumbre de alumbre... alumbre... alumbra... alumbre...». Son las primeras palabras de *El señor Presidente.* No se sabe quién las dice. No las dice ningún personaje. No las dice el autor. Sencillamente, están allí. Pero no es posible dudar de que son palabras infernales, de que quien las siga entrará de cierta manera en el Infierno. Entre expresiones ininteligibles y alusiones a pulgares de pilotos que naufragaron al regresar a sus países; a páramos; a puercos sentenciados a muerte antes de tiempo; a ratones sin cola, las brujas de *Macbeth* se invitan unas a otras a revolotear entre la niebla y el aire impuro, y ven que lo hermoso es feo y lo feo hermoso.

Del mundo mágico del remoto pasado arribamos al mundo en que la acción de *El señor Presidente* tiene lugar. Una época sin época. Se supone que el señor Presidente es el licenciado Manuel Estrada Cabrera, un individuo guatemalteco que más o menos durante los primeros veintidós años de este siglo gobernó a su país en forma omnímoda. Torpe representante del Mal, en Hispanoamérica ha habido muchos otros como él: no es necesario hacer aquí su censo ni convertir estas líneas en la tediosa queja habitual contra ellos. ¿Qué objeto tendría? No hay quien no los conozca. Los malos intelectuales y los intelectuales buenos los abominan; cuando se ven libres de sus presencias nuestras preocupadas clases medias los lloran. Como un fenómeno natural y secular, ellos siguen existiendo, a pesar de que de vez en cuando, aquí o allá, se logre descabezados un poco. En *Tirano Banderas,* Ramón del Valle-Inclán quiso hacer con la totalidad de estos personajes uno solo. Son uno solo. Como una sola es la miseria de todo orden que los hace posibles. ¿Quién no ha advertido que el señor Presidente, ya se trate de Estrada Cabrera, de Ubico o de Castillo Armas, es apenas un ser que huye de su propio miedo erigiendo el miedo? Lo más desolador de esta historia es la comprobación de que el «dictador» es el ejecutor de lo que una minoría ilustrada de sus súbditos desearía hacer y no se atreve. Cuando el señor Presidente aparece en *El señor Presidente* uno se da cuenta de que, de todos, él no es el peor; de que, en este caso, se trata además de un hombre asustado de la «maldad» y la «ingratitud» de quienes lo rodean; de que es, ni más ni menos, el rey que las ranas pedían a gritos. ¿Deberé añadir: que pedíamos? Es en esto, precisamente, en donde radica uno de los grandes valores de esta novela. Por supuesto, *El señor Presidente* es una sátira dirigida contra ti y contra mí, que es contra quienes las buenas sátiras se han dirigido siempre. Resulta ingenuo pensar que está dirigida únicamente contra los dictadores. Todo el mundo desea un dictador auténtico, un Julio César, un Napoleón, un padre que valga la pena. Pero a nosotros siempre tienen que salirnos estos pobres diablos hechos a imagen y semejanza nuestra. Las ranas piden rey y Júpiter sabe lo que les da. ¿No es claro que en *El señor Presidente* el personaje más desolado es el señor Presidente?

Hay en esta novela vanos crímenes, un rapto, fugas, mendigos, mutilados, amores imposibles (tanto en la vida como en la literatura), policías secretos en acto o en potencia (todos), llamadas desesperadas en la noche a puertas onomatopéyicas que por terror no se abren, alcohol (no mucho para la literatura moderna), ternura, miedo, conmiseración, amor, palabras, frases cuyo sentido se ha perdido, grandes y peligrosas caídas de literatura romántica, múltiples aciertos de literatura contemporánea.

El capítulo I, «En el Portal del Señor», describe la miseria humana más visible. La miseria de los más pobres; la de los que se niegan a sí mismos toda solidaridad, todo respeto, todo amor; en la cual, a manera de siniestro eco, se escucha la palabra madre como imprecación, como lamento. Los pordioseros de la ciudad, sin anunciarlo, anuncian de una vez por todas que, al entrar aquí, el lector hará bien en abandonar toda esperanza.

En el capítulo IV, «Cara de Ángel», el encuentro del Pelele con su madre constituye la página más tierna y abrumadoramente humana de la obra entera de Miguel Ángel Asturias. Solo Luis Buñuel, más tarde en el cine, ha sido capaz de figurar este encuentro fugaz e infinito de la madretoda-ternura y el hijo-todo-necesidad-de-ternura, comprendiéndose, amándose, en tanto que un pájaro, «que a la vez que pájaro era campanita de oro», dice:

—Soy la Manzanarrosa del Ave del Paraíso, soy la vida, la mitad de mi cuerpo es mentira y la mitad es verdad, soy rosa y soy manzana, doy a todos un ojo de vidrio y un ojo de verdad: los que ven con mi ojo de vidrio ven porque sueñan, los que ven con mi ojo de verdad ven porque miran. Soy la vida, la Manzanarrosa del Ave del Paraíso, soy la mentira de todas las cosas reales, la realidad de todas las ficciones.

Por supuesto, el encuentro del Pelele con su madre es un sueño de realización imposible, una mentira más de las cosas reales.

Por el capítulo XIV, «¡Todo el orbe cante!», empieza a verse la realidad real; al señor Presidente en medio de una fiesta; a sus allegados; a sus guardaespaldas; a sus cortesanos; amenazado aquel de pronto por un supuesto peligro que hace temblar a todos, correr a todos. «Aún se escuchan los gritos, aún saltan, aún corren, aún patalean las sillas derribadas». «Un coronel se perdió escalera arriba guardándose el revólver. No era nada. Un capitán pasó por una ventana guardándose el revólver. Otro ganó una puerta guardándose el revólver. No era nada. No era nada». Efectivamente, no era nada.

Sabido es que los críticos solo se equivocan cuando se trata de obras importantes. *El señor Presidente* apareció por primera vez en México, en 1946. En este tiempo se le concedió una atención más bien menor y en algunas reseñas se da a entender que sus defectos son mayores que sus aciertos. Volveremos sobre esto. Unos cuantos años después, corriendo probablemente toda clase de riesgos, una editorial de Buenos Aires lo vuelve a publicar. Un gran público lo descubre entonces y lo convierte en una de esas grandes novelas que se debe haber leído. Los acontecimientos que en esos años tienen lugar en Guatemala llaman a su vez la atención de vastos sectores sobre Asturias, quien, con Luis Cardoza y Aragón, encabezaba la lucha de los escritores guatemaltecos contra la invasión extranjera a Guatemala. Las ediciones se suceden. Otros pueblos ven en *El señor Presidente* algo de su propia imagen, y lo traducen y lo leen con entusiasmo. Miguel Ángel Asturias se convierte en el escritor hispanoamericano más leído y apreciado mundialmente, probablemente al mismo nivel que Pablo Neruda.

En infinitas ocasiones se han publicado libros sensacionales que más tarde la gente olvida con razón. No parece ser este el caso. No se podría decir, ni mucho menos, que *El señor Presidente* es un hecho aislado; pero es un hecho deslumbrante, por sus cualidades y por sus defectos. Como ocurre con los buenos libros, los nuevos lectores y los nuevos acontecimientos (si es que en realidad hay alguna vez nuevos acontecimientos) lo mejoran. Las cualidades que hoy advertimos en él son los defectos que le descubrieron hace décadas, *i. e.,* su irrestricta libertad estilística, el uso de localismos difíciles de comprender fuera de su país de origen, su ruptura con las normas gramaticales impuestas por la Academia (la señora Presidenta de los malos escritores), sus recursos expresionistas, su insistencia en las actitudes y los sentimientos más bajos, por decirlo de algún modo, de los seres marginados o más notoriamente humanos.

De la fecha en que apareció *El señor Presidente* para acá han pasado algunos años y muchas cosas. Pero pocas cosas diferentes. Los buenos libros son buenos libros y sirven para señalar los vicios, las virtudes y los defectos humanos. Pero no para cambiarlos. El tipo de dictadores que esta novela denuncia sigue existiendo como si nada. No importa. Con ellos o sin ellos hemos ido alcanzando otros progresos: los pobres son ahora más pobres, los ricos más inteligentes y los policías más numerosos. Y *El señor Presidente* sobrevive a toda clase de traducciones, al premio Nobel, a los elogios de la crítica, al entusiasmo del público.

Lo fugitivo permanece y dura

Ahora que se habla tanto de Quevedo con motivo de los cuatrocientos años de su nacimiento, quiero recordar que hace unos ocho estuvo en México Robert Pring-Mill, profesor del Saint Catherine's College, de Oxford, Inglaterra, y especialista en Quevedo, con quien una larga tarde lluviosa conversamos en mi casa acerca de buscones nobles conjurados para asesinar a Julio César, elogios del dinero, sueños infernales y, naturalmente, de sonetos, y entre estos, por supuesto, del perfecto (que en esa oportunidad Jorge Prestado dijo en voz alta y de memoria)

> Buscas en Roma a Roma, ¡oh, peregrino!,
> y en Roma misma a Roma no la hallas:
> cadáver son las que ostentó murallas,
> y tumba de sí propio el Aventino.
> Yace donde reinaba el Palatino;
> y limadas del tiempo, las medallas

más se muestran destrozo a las batallas
de las edades que blasón latino.
Solo el Tíber quedó, cuya corriente,
si ciudad la regó, ya, sepultura,
la llora con funesto son doliente.
¡Oh, Roma!, en tu grandeza, en tu hermosura
huyó lo que era firme y solamente
hasta llegar al archifamoso endecasílabo:
lo fugitivo permanece y dura.

—Eso está tomado de *Janus Vitalis* —exclamé yo de pronto
viendo a Robert, seguro de que inmediatamente me diría:
—Dr. Johnson.
Pero no lo dijo.
Entonces me levanté y busqué en mis estantes la *Vida
de Samuel Johnson* de Boswell, y encontré en el tomo II
de la edición Everyman's, p. 181, pero leí en voz alta de
la reducidísima versión de Antonio Dorta publicada por
Austral:

Mencionado el viaje de Horacio a Brindis, observó Johnson
que el arroyo que describe puede verse ahora exactamente
como en aquel tiempo y que a menudo se ha preguntado
cómo puede ocurrir que pequeñas corrientes, como esta,
conserven la misma situación durante siglos, a pesar de los
terremotos, que cambian incluso las montañas, y de la agricul-
tura, que produce tales cambios en la superficie de la tierra.
CAMBRIDGE: Un escritor español ha expresado ese pensamiento de una forma poética. Después de observar que la mayoría
de las edificaciones sólidas de Roma han perecido totalmente,
mientras el Tíber sigue permaneciendo igual, dice:

Lo que era firme huió solamente*
Lo Fugitivo permanece y dura.

JOHNSON: Eso está tomado de *Janus Vitalis:*
.... *immota labescunt;*
Et quae petpetuo sunt agitata manent.

Como en realidad lo que más les interesaba en ese momento (como en tantos otros) era conversar, el gran hombre y sus interlocutores siguen hablando como si nada, y
como si ese poeta español, que no era otro que Quevedo,
careciera de importancia, y lo más probable es que en realidad para ellos careciera de importancia, pues en ese año
de 1778 en que el diálogo tuvo lugar (ciento treinta y tres
años después de la muerte del poeta) el único escritor español que todavía contaba en Inglaterra era Cervantes,
quien había mostrado a Smollet, a Sterne y a Fielding, entre otros, las posibilidades de esa para entonces extraña
cosa que hoy llamamos antihéroe, y de paso una nueva
manera de narrar.

Lo que sí ya resulta más extraño es que los eruditos de
hoy sigan hablando de este verso maravilloso sin hacer
caso para nada de la observación un tanto despectiva de
Johnson, ni explicarnos qué cosa sea *Janus Vitalis,* que Quevedo debió de conocer, pero que hoy todo el mundo ha
olvidado.

Pero hay algo más. En los *Poemas escogidos* de Quevedo
preparados por José Manuel Blecua para los Clásicos Castalia, leo en nota que un humanista polaco, Nicola Sep

---

* En este español en el original inglés, tal como lo anotó Boswell.

Szarinski, publicó en 1608 un epigrama que según Blecua constituye la fuente de los versos primeros y últimos del soneto, y es posible, pues para entonces Italia seguía estando de moda y una antología titulada *Delitiae italorum poetarum,* como la del polaco, sería tremendamente atractiva para el poeta.

Toda vez que yo no soy hombre de fichas ni quién para meterme en estas honduras, y como presumiblemente ni María Rosa Lida de Malkiel en su artículo «Para las fuentes de Quevedo», ni R. J. Cuervo en el suyo «Dos poesías de Quevedo a Roma» dicen nada sobre esta johnsoniada, pues de otra manera Blecua lo habría recogido; y como hasta ahora no se ha sabido que mi amigo Pring-Mill haya usado el norte que le di la tarde de Coyoacán en que con Isabel Fraire, Jorge Prestado y otros amigos cercanos hablamos de Marco Bruto, de lo poderoso que es el dinero y de ese inacabable milagro de la permanencia y la duración de lo fugitivo, no estoy dispuesto a dejar pasar estos días sin llamar públicamente la atención sobre ese fugaz instante londinense de 1778 en que el señor Cambridge señala tímidamente la existencia de un poeta español que se atreve a coincidir con Horacio tan solo para que, como una entre mil otras veces, la majestuosa mano de Johnson apartara de su mente tal idea, como quien aparta un mal pensamiento o una mosca.

Y volviendo a lo mismo, ¿qué es eso de *Janus Vitalis*? Estoy seguro de que alguna vez lo supe, para olvidarlo más tarde. No sé incluso si llegué a comunicárselo a Pring Mill, como debo de haber creído que era mi deber. Pero en fin, yo no soy erudito y no tengo por qué recordarlo, aparte de que el año del cuarto centenario se termina y no

deseo que eso suceda sin rendir este apresurado homenaje a nuestro gran poeta, homenaje que con igual pretexto
rendiría al gran Samuel Johnson si este año fuera 1984 y
en San Blas se conmemorara el segundo centenario de su
muerte.

Poesía quechua

Cuando ven una obra de arte autóctono o, en los últimos tiempos, leen en español determinada poesía indígena prehispánica, no faltan quienes estén dispuestos a asombrarse quizá un poco más de la cuenta y a atribuir a tales trabajos un mérito que seguramente no tienen: el de haber sido hechos o escritos por seres inferiores a hombres. Para no exagerar: gracias a un fácil mecanismo mental, muchos consideran dichas obras si no la creación de seres irracionales sí por lo menos de sujetos con mentalidad frontera a lo infantil. De ahí también otro efecto paralelo: la excesiva y a veces más que inmerecida admiración por ciertas manufacturas folklóricas nuestras, cuyo encanto no existiría sino a través de aquel falso supuesto, o sin la técnica chambona del autor, conocido o desconocido.

No sé si tan entusiasta, o tan solo con mayor tolerancia para sus congéneres de no importaba qué cultura (pienso en su defensa de las prácticas caníbales), Miguel de Montaigne no incurrió en lo mismo cuando en su siglo anotó esta canción indígena de Brasil:

> Detente, culebra, detente, a fin de que mi hermana copie de tus hermosos colores el modelo de un rico cordón que yo pueda ofrecer a mi amada; que tu belleza sea siempre preferida a la de todas las demás serpientes.

Y cuando añadió:

> Yo creo haber mantenido suficiente comercio con los poetas para juzgar de esta canción que no solo nada tiene de bárbara, sino que se asemeja a las de Anacreonte. El idioma de aquellos pueblos es dulce y agradable y las palabras terminan de un modo semejante a las de la lengua griega.

Oscurecida como lo estuvo durante siglos por el fanatismo o el olvido, la poesía de las diversas culturas indígenas americanas es hoy considerada cada vez más según sus valores esenciales. Gracias a una especie de Renacimiento que hoy nos hace volver los ojos a ellas, ya son pocos, si es que los hay, los que aún hacen estas comparaciones entre poesías indias y cultas para convertir en aceptables las primeras. Y esto empieza a dar por resultado el descubrimiento o la mera divulgación de obras que depararán más de una sorpresa a quien se acerque a ellas no con el espíritu del que se asombra de que nuestros bisabuelos hicieran poesía, como si aún hubieran sido sub-hombres, sino con la optimista suposición de que, como nosotros, en cierta medida habían dejado ya de serlo.

En una selección de poesía quechua preparada por el poeta peruano Sebastián Salazar Bondy, hoy muerto, que publicó la Universidad de México hace años, reencuentro un puñado de poemas prehispánicos que comprenden himnos y oraciones, poesía amorosa y pastoril y poesía dramática y folklórica, y pienso en estados de ánimo que vivieron y que de seguro viven hoy los habitantes de la altiplanicie andina; desde los que se expresan en los himnos dedicados a Uira-Cocha, Señor del Universo, y en la impresionante «Elegía a la muerte del Inca Atahualpa»:

La tierra se niega a sepultar
a su Señor,
como si se avergonzara del cadáver,
como si temiera a su adalid
devorar;

hasta los que asoman en el mágico «Yo crío una mosca»:

Yo crío una mosca de alas de oro,
yo crío una mosca
de ojos encendidos.
Vaga en las noches
como una estrella;
hiere mortalmente
con su resplandor rojo,
con sus ojos de fuego,

que, si hubiera tenido la suerte de conocerlo, Montaigne compararía con algo semejante de William Blake.

Ahora bien, yo tenía una duda. El hallazgo, en estos y otros poemas contenidos en el libro de Sebastián, de metáforas y expresiones que un poeta moderno podría suscribir, ¿nos da derecho a temer que estas traducciones adolezcan del mismo defecto en que incurrieron bien intencionados traductores de otros tiempos cuando trasladaron al español los poemas del rey-poeta mexicano Nezahualcóyotl en formas líricas tradicionales españolas, de que no son mal ejemplo estas estrofas que me pasa Rubén Bonifaz Ñuño?:

No bien hube nacido
y entrado en la morada de dolores,
cuando sentí mi corazón herido
del pesar por los dardos punzadores.

Crecí en afán prolijo
y al verme solo prorrumpió mi labio:
¿qué hace en la vida desvalido el hijo
si no lo sabe guiar consejo sabio?

Uno puede imaginar a Nezahualcóyotl buscando con aflicción en su *Diccionario de la rima* estas difíciles consonancias en *ido* en *ijo* en *abio* y en *ores.*

Cuando le comuniqué este temor y esta sospecha a amigo Salazar Bondy, famoso autor de *Lima la horrible,* y le di a conocer esas estrofas, decía que yo era un bromista, y se reía, y hacía bien.

James Joyce

Monterroso/79

Sobre la traducción de algunos títulos

> Cuando yo era chico, ignorar el francés era ser casi analfabeto. Con el decurso de los años pasamos del francés al inglés y del inglés a la ignorancia, sin excluir la del propio castellano.
>
> J. L. Borges, *Prólogos*

En ninguna forma el tema de estas líneas serán las divertidas equivocaciones en que con frecuencia incurren los traductores. Se ha escrito ya tanto sobre esto que ese mismo hecho demuestra la inutilidad de hacerlo de nuevo. La experiencia humana no es acumulativa. Cada dos generaciones se plantearán y discutirán los mismos problemas y teorías, y siempre habrá tontos que traduzcan bien y sabios que de vez en cuando metan la pata.

Desde que por primera vez traté de traducir algo me convencí de que si con alguien hay que ser paciente y comprensivo es con los traductores, seres por lo general más bien melancólicos y dubitativos. Cuando digamos en media página me encontré consultando el diccionario en no menos de cinco ocasiones, sentí tanta compasión por quienes viven de ese trabajo que juré no ser nunca uno de ellos, a pesar de que finalmente he terminado traduciendo más de un libro.

Estamos en un mundo de traducciones del que hoy ya no podemos escapar. Lo que para Boscán era un pasatiempo cortesano, para Unamuno resultaba un imperativo ineludible. En el siglo XVI Boscán se afanaba en dar a conocer a los españoles las leyes que dictan los buenos modales, puestas en orden por Baltasar Castiglione; Unamuno, en el XX, las que rigen el comportamiento humano, según Arturo Schopenhauer. O sea la diferencia que va de moverse en un salón de baile a hacerlo en el Universo.

Hay errores de traducción que enriquecen momentáneamente una obra mala. Es casi imposible encontrar los que pueden empobrecer una de genio: ni el más torpe traductor logrará estropear del todo una página de Cervantes, de Dante o de Montaigne. Por otra parte, si determinado texto es incapaz de resistir erratas o errores de traducción, ese texto no vale gran cosa. Los ripios con que el argentino Bartolomé Mitre se ayudó no enriquecen la *Divina comedia,* pero tampoco la echan a perder. No se puede.

En todo caso, es mejor leer a un autor importante mal traducido que no leerlo en absoluto. ¿Qué le va a suceder a Shakespeare si su traductor se salta una palabra difícil? Pero existen los que no lo leen porque alguien les dijo que estaba mal traducido. Y los que esperan aprender bien el francés para leer a Rabelais. Ridículo. Da igual leerlo en español. No se vale despreciar las traducciones de Chaucer cuando uno apenas puede con el Arcipreste de Hita. Por principio, toda traducción es buena. En cualquier caso, pasa con ellas lo que con las mujeres: de alguna manera son necesarias, aunque no todas sean perfectas.

La traducción de títulos es cosa aparte. Los cambios que algunos experimentan al pasar de una lengua a otra generalmente no son errores del traductor. En ningún país de lengua española habrá quien ponga por título Odiseo al *Ulysses* de Joyce. Alguien de la editorial no se lo permitiría. Digan lo que digan sus críticos, excepto cuando se descuidan es difícil que los editores se equivoquen. Si un título contemporáneo cambia totalmente, lo normal es que haya habido un acuerdo entre autor y editor. El gusto de verse traducido hace que al primero le importe muy poco cómo se llame su libro en otro idioma.

Podría dar ahora una larga lista de títulos curiosamente traducidos; pero como sé que están en la mente de todos no lo voy a hacer y me concretaré a los siguientes:

1) *La importancia de llamarse Ernesto.* En este momento no recuerdo quién lo tradujo así, pero quienquiera que haya sido merece un premio a la traición. Traducir *The Importance of Being Earnest* por *La importancia de ser honrado* hubiera sido realmente honesto; pero, por la misma razón, un tanto insípido, cosa que no va con la idea que uno tiene de Oscar Wilde. Claro que todo está implícito, pero se necesita cierto talento y malicia para cambiar *being* (ser) *earnest* (honrado) por «llamarse Ernesto». Es posible que la popularidad de Wilde en español comenzara por la extravagancia de ese título.

2) El otro día me acordaba de *La piel de nuestros dientes,* de Thornton Wilder. Cuando vi ese título por primera vez admiré como de costumbre a los norteamericanos por esa facultad tan suya de estar siempre inventando algo. ¿Cuándo tendríamos nosotros la audacia de titular así ya no digamos una obra de teatro, pero ni siquiera una clínica dental?

Título original: *The Skin of Our Teeth*. Palabra por palabra: *La piel de nuestros dientes,* nombre que en México llevó al teatro a miles de personas. Imposible no acudir al diccionario. En inglés, encontré con alegría, «to escape with the skin of our teeth» significa, sencillamente, escapar por poquito, salvarse por un pelo. Pero es evidente que si el traductor hubiera escogido algo así como *Por un pelito* ni él mismo habría ido a ver la puesta en escena.

3) Uno siente cierta atracción irresistible hacia cualquier novela que se llame *Otra vuelta de tuerca,* como José Bianco tituló su excelente traducción de *The Turn of the Screw* de Henry James. En lugar de *La vuelta del tornillo,* que no quiere decir nada en español, Bianco cambió sabiamente «la» por «otra» y «tornillo» *(screw)* por «tuerca», con lo que *Otra vuelta de tuerca* quiere decir aún mucho menos, pero suena tan bien que nuestros intelectuales usan ya esa extraña expresión como si todo el mundo (y ellos mismos) supiera su significado. Si Bianco hubiera querido dar el equivalente exacto habría puesto algo tan vulgar como *La coacción,* lo que convertiría el título de una novela de fantasmas en algo vagamente gansteril o forense. No cabe duda: el mejor amigo del traductor es el Diccionario, siempre que este no se halle en manos del lector. Según mi *Oxford Advanced Learner's Dictionary of Current English,* «to give somebody another turn of the screw» significa «to force somebody to do something»: «forzar a alguien a hacer algo», coaccionarlo, conminarlo, pues. ¿Pero quién iba a ser tan poco sutil o poético como para poner en español *La conminación* a una novela de Henry James? Aunque no diga nada en nuestro idioma, *Otra vuelta de tuerca* y se acabó. Y uno se lo agradece a

Bianco. Y otros cometen el disparate de soltar ese dicho en contextos que no tienen nada que ver.

4) Por un morboso deseo de molestar a mis amigos (estímulo sin el cual prácticamente nadie escribiría) he dejado para el final la traducción del título de los títulos, el que con más entusiasmo han recibido, aceptado, adoptado y usado nuestros buenos poetas, novelistas, ensayistas, simples aficionados y, ay, genios a la altura de Jorge Luis Borges (lo que absuelve a todos los anteriores); el título más sonoro y el que denota más enojo cuando hay que enojarse: *El sonido y la furia* de William Faulkner, que suena tan bien y sugiere tanto desde que alguien sin mucho amor al Diccionario tradujo literalmente el pasaje de Macbeth en que este propone que la vida es un cuento contado por un idiota, pero a quien jamás se le ocurrió que las palabras siguientes en que se apoya: «full of sound and fury», iban a ser traducidas por otro quizá no tan idiota pero quien ni de broma intentó preguntarse qué cosa fuera eso de un idiota «lleno de sonido y furia».

De las frases hechas puestas en circulación por escritores, pocas he visto tan usadas como esa de «el sonido y la furia» que sean más la piel de sus dientes cuando se ven apurados o su otra vuelta de tuerca cuando quieren ser enfáticos; pocas tan repetidas como ese sonido y esa furia que nunca estuvieron en la mente de Macbeth, o de Shakespeare (quien incluso añade *signifying nothing*) cuando las introdujo en contexto tan dramático; y que al mismo tiempo recuerden más la importancia de ser curioso cuando de traducir títulos se trata.

Como en los casos de Wilde, James y Wilder, Faulkner fue afortunado al usar una frase hecha, casi un refrán para titular uno de sus libros. No así quienes usan pomposamente la traducción literal del título del mismo. ¿Pero cómo no ser indulgentes con los amigos o meros mortales cuando el propio Borges, quien ha gastado cuarenta años estudiando el inglés y aun el celta, repite la misma distracción en el prólogo a su libro *Prólogos* («los concretos cielos de Swedenborg, *el sonido y la furia* de Macbeth, la sonriente música de Macedonio Fernández», p. 8, Torres Agüero Editor, Buenos Aires, 1975) y Antonio Machado (Dios me perdone) en el mismo tono («un cuento lleno de estruendo y furia», *Juan de Mairena,* p. 250, Clásicos Castalia, Madrid, 1971) y a Astrana Marín le da miedo ser literal y en vez del «sonido y la furia» pone «con gran aparato» (p. 1625, W. Shakespeare, *Obras completas,* 10.ª ed., Aguilar, Madrid, 1951) y últimamente alguien convierte *sound* en «rumor» y *fury* en «cólera», en algo ya no tan tremendo sino apenas en eso: ese suave «rumor» y esa «cólera» un tanto mansa?

Por ahora yo solo me atrevo a proponer a ustedes que vean en su *Concise Oxford Dictionary* lo que «sound and fury» quiere decir en el texto de Shakespeare: únicamente «bla, bla, bla». ¿Lo sabía Faulkner? Por supuesto, pues quien habla en su libro es efectivamente un idiota. En todo caso, es de suponer que el Diccionario lo sabe bien. Ábranlo y encontrarán (algunos con cierto sonrojo, espero) en la p. 1203, 2.ª columna, línea 4, bajo la entrada *sound: mere words (sound & fury).* Esto es, «meras palabras», que nosotros decimos «bla, bla, bla», o sea lo que en definitiva dice un idiota.

Y, probable y tristemente, la literatura en general.

Los escritores cuentan su vida

Sí, es cierto, hay más de un hombre que ha escrito los recuerdos de su vida, en los que no había rastros de recuerdos, y a pesar de ello estos recuerdos constituían sus beneficios para la eternidad.

Sören Kierkegaard

En ocasión en que un amigo mío no tan joven acaba de publicar el primer volumen de sus memorias y otro está a punto de publicar su autobiografía, quiero, si se me permite, rescatar por primera vez del olvido estas líneas casi inéditas escritas cuando toda una generación de jóvenes escritores mexicanos salieron contando sus vidas.

Después de que don Quijote liberó a los galeotes, y de que interrogó a varios sobre las causas de que los llevaran a galeras, uno de ellos lo intrigó declarándose orgullosamente autor de su autobiografía.

DON QUIJOTE: ¿Y cómo se intitula el libro?
GALEOTE: *La vida de Ginés de Pasamonte.*
DON QUIJOTE: ¿Y está acabado?
GALEOTE: ¿Cómo puede estar acabado si aún no está acabada mi vida? Lo que está escrito es desde mi nacimiento hasta el punto que esta última vez me han echado a galeras.

A don Quijote no le sorprende que ese hombre hubiera escrito su vida ni el hecho de que no fuera escritor para animarse a hacerlo. Ginés de Pasamonte tenía treinta años en el momento de su encuentro con don Quijote.

Ahora bien, mucha gente está en estos días no solo sorprendida sino hasta alarmada de que un editor profesional edite autobiografías de escritores mexicanos; pero lo curioso es que la mayoría de estas personas no se alarma de que alguno de ellos no hayan publicado aún un solo libro, o de que otros hayan publicado inclusive varios malos: se alarma de la juventud de esos autores, algunos de los cuales han llegado ya a los treinta y cuatro años. John Keats murió a los veintiséis. ¿Qué esperó para escribir su autobiografía?

La verdad es que este fenómeno editorial parece ser único en el mundo, aunque en cierto sentido no sea nuevo; pero el caso de Evtuchenko en la Unión Soviética fue un caso aislado, individual, y, viéndolo bien, casi capitalista; el nuestro, colectivo, organizado, y, como de costumbre, casi socialista.

Ante el género autobiográfico consumado, la primera reacción de los amigos es: ¿y este? Pero para publicar un libro sobre la propia vida no es necesario ser nadie ni ser algo ni ser nada. Se necesita únicamente escribirlo y, si es posible, escribirlo bien. No hay una sola vida que no sea escribible, y en eso se basa todo el género novelesco escrito en primera persona. Los amigos y colegas no piensan que, de cualquier manera, es saludable que alguien (editor) tenga la audacia de patrocinar a determinados individuos (escritores) para que a su vez se atrevan a contar sus vidas a hipotéticos lectores lo suficientemente valerosos como para arriesgarse a leerlas.

Confesada o no, la repulsa es hasta cierto punto normal y en realidad no importa mayor cosa. Pero ya es algo que el hecho sea irritante.

Yo no quiero decir que la mayoría de estos libritos sean muy buenos; pero sí hacer un intento de clasificación de los probables irritados:

a) Los autores consagrados que han pasado toda su vida deseando escribir su autobiografía pero que no se han atrevido a hacerlo, probablemente por considerar que la modestia añade un lauro más a su hermosa parábola dentro de las letras mundiales;

b) los autores no consagrados que de pronto se dan cuenta de que no se necesitaba ser consagrado para publicar una autobiografía;

c) los escritores quince años mayores que el promedio (31 años) de estos autobiógrafos a quienes no se les ha pedido que leguen a la posteridad la historia de sus amores y preocupaciones;

d) los escritores a quienes sí se les ha pedido, pero que carecen de la necesaria humildad para dejar de ser modestos y hacerlo;

e) quienes estiman que un escritor necesita haber llegado a la edad en que todo se ha olvidado para escribir sus memorias;

f) los que se autoexaminan y se percatan de que no tendrían nada que contar, excepto su vida doméstica;

g) los que descubren que su vida doméstica es lo más importante que les ha sucedido, pero que es incontable;

y, finalmente,

h) los que habiendo aceptado escribir su autobiografía para esta serie observan que difícilmente podrán superar las ya aparecidas de Gustavo Sainz, Salvador Elizondo y Juan García Ponce, toda vez que, como es de rigor, ya puestos en la carrera, suponen que en alguna forma han adquirido el compromiso de superar a sus predecesores.

Es una mera coincidencia, pero Sainz, Elizondo y García Ponce señalaron, para cuantos vinieran después, las tres posibles maneras de enfocar y relatar la propia vida.

· Sainz (autor de una novela, *Gazapo,* que abre el camino a un nuevo tipo de novela moderna en México y en la que casi por primera vez el protagonista no pide cuentas al pasado ni a nadie, sino que vive alegremente lo que tiene que vivir, quizá debido a que sus padres, obreros, no le han transmitido ningún sentimiento de culpa) narra saludablemente los hechos de su vida, o sea lo que más o menos ocurre a los jóvenes de clase media de hoy, y es el primer representante de una gran influencia norteamericana, liberada a su vez del tono admonitorio y trascendental, la influencia que viene de Mark Twain y desemboca en J. D. Salinger;

· Elizondo (autor de cuentos y ensayos y del difícil y extraño relato *Farabeuf,* y seguidor de una corriente ilustre que inauguró Poe) cuenta los hechos en forma de historia absolutamente personal, es decir, como no podían haberle sucedido más que a él o a Edgar Allan Poe, en una atmósfera amenazada siempre por la locura, la pasión o el miedo, en la que una posible mirada es la única deseable entre todas las miradas torturadoras, el color de una cabellera la eterna permanencia de lo bello, y la belleza perfecta del Mal la idea persecutoria por excelencia;

· García Ponce (autor de relatos recogidos en *La noche* y de novelas como *Figura de paja,* que le dio fama, y *La casa en la playa,* en la que intenta, con serenidad y sin concesiones, transmitir algo de la melancolía que encierran las relaciones humanas cuando los seres que las viven son los borrosos protagonistas de una clase en decadencia, sin asideros posibles en otra cosa que no sea los convencionalismos, la añoranza de algo vago perdido que se sabe ya para siempre irrescatable) cuenta los hechos como le sucedieron o pudieron sucederle, pero siempre en función literaria, como elementos de algo que un día deberá ser transformado en literatura, en gran literatura, por supuesto.

En última instancia, cada uno se dirige, o busca, a sus semejantes, no en el sentido de prójimos sino en el de parecidos, sin que les importe lo que pueda pensar la mayoría ajena a ellos, o inclusive la minoría afín. Quiero decir que los tres responden a un llamado más literario que documental.

Lo importante es que en estas pequeñas obras los tres hayan convertido los hechos reales o imaginarios de su vida en buena literatura; Sainz en literatura de acción, Elizondo en literatura de pasión, García Ponce en literatura de reflexión; en literatura más que en autobiografía en el sentido de registro civil y curricular del término: todo el mundo arrastra los mismos datos municipales; todo el mundo tiene padres, va a la escuela sin que le guste, tiene hijos, se casa o se divorcia; todo el mundo tiene amigos con quienes conversa en la adolescencia hasta altas horas de la noche:

«¿Quién no se llama Carlos o cualquier otra cosa?», dijo César Vallejo.

Vivir es común y corriente y monótono. Todos pensamos y sentimos lo mismo: solo la forma de contarlo diferencia a los buenos escritores de los malos.

Por último, siempre es interesante ver las máscaras que cada autor se pone y se quita.

Lo nuevo y realmente valioso en la publicación de estas memorias y autobiografías es que muchos lectores que, obviamente, no han tenido tiempo de morirse antes que el autor, pueden detectar cuándo este está acomodando la realidad a lo que posiblemente considera no su autobiografía sino su automonumento; que muchos lectores conocen personalmente a esos autores; que en algunos casos ellos mismos han sido coprotagonistas de las vidas que leen. Así, literaria y documentalmente, todos tienen la invaluable oportunidad de afinar su sentido crítico y de formular un mejor juicio acerca de este género tan vilipendiado y reacio.

William Shakespeare

En John Aubrey (1627-1697),

Brief Lives. Traducción de A. M.

Míster William Shakespeare nació en Stratford sobre el Avon en el condado de Warwick. Su padre fue carnicero. En tiempos pasados algunos vecinos me dijeron que de muchacho Shakespeare ejerció el oficio de aquel, pero que cuando mataba un ternero lo hacía con gran estilo y pronunciaba un discurso. Por el mismo tiempo vivía en ese pueblo el hijo de otro carnicero, coetáneo y conocido suyo, al que de ningún modo se consideraba su inferior en ingenio natural; pero este murió joven.

Nuestro William, por naturaleza inclinado a la poesía y la actuación, vino a Londres creo que alrededor de los dieciocho. Fue actor en un teatro y actuaba extraordinariamente bien. En cambio, B. Jonson no fue nunca un buen actor pero sí un excelente instructor.

William comenzó temprano a hacer intentos en poesía dramática, que por entonces andaba bastante baja; y sus obras de teatro fueron bien recibidas.

Fue hombre elegante, bien formado; muy buena compañía y dueño de un ingenio agradablemente suave y rápido.

El carácter del condestable del *Sueño de una noche de verano* lo encontró en Grendon, en Bucks (creo que una noche de San Juan en que durmió en ese lugar), camino de Londres a Stratford. Allí vivía ese condestable alrededor de 1642, cuando fui por primera vez a Oxford. Ben Jonson y él recogían personajes todos los días, en cualquier lugar que aparecieran. Cierta vez que William se hallaba en la taberna en Stratford, un tal Combes, viejo rico y usurero, era llevado a enterrar. William improvisó allí mismo el siguiente epitafio:

> *Ten in the Hundred the Devill allowes,*
> *But Combes will have twelve he swares and vowes:*
> *If anyone askes who lies in this Tombe,*
> *Hoh! quot the Devill, Tis my John o'Combe*
> (El diablo autoriza el diez por ciento,
> pero Combes jura y perjura que a él se le debe dar el doce:
> si cualquiera pregunta quién yace en esta tumba,
> ¡Ja!, dice el diablo: mi John Combes).

Solía ir a su tierra una vez al año. Creo que se me ha contado que dejó doscientas o trescientas libras anuales allí o por allí cerca a una hermana.

He oído que sir William Davenant y míster Thomas Shadwell (a quien se considera el mejor comediante que por ahora tenemos) aseguran que poseía el más prodigioso ingenio, y que admiraban sus dotes naturales sobre las de todos los escritores dramáticos.

Sus comedias continuarán siendo graciosas mientras la lengua inglesa sea entendida, pues maneja las *mores hominum*. Hoy nuestros escritores se ocupan tanto de personas particulares y de simples mequetrefes que dentro de veinte años no serán comprendidos.

Aunque, como dice Ben Jonson de él, poseía poco latín y menos griego, entendía el latín bastante bien, pues en sus años juveniles había sido maestro de escuela en el campo.

Acostumbraba afirmar que jamás había borrado un verso en su vida. Decía Ben Jhonson: «Me gustaría que hubiera borrado mil».

In illo tempore

Cuando se traba conocimiento con las obras de Jorge Luis Borges se experimenta igual sensación que cuando se ha adquirido una enfermedad. No estábamos preparados para ella y el desasosiego que nos acomete se suma a la duda de si terminará algún día o si el mal concluirá por exterminarnos. Supongo que no se puede hacer mejor elogio de un escritor. De la misma forma existen enfermedades que conocemos con los nombres (para no ir más lejos) de Proust, de Joyce, de Kafka. Nos asaltan, se apoderan de nosotros, y durante mucho tiempo pensamos y procedemos joyciana o kafkianamente, así como en ocasiones el tuberculoso acaba por no ser más que la expresión de sus correspondientes bacilos.

Menos conocido que otros escritores argentinos, menos accesible, Jorge Luis Borges representa, sin embargo, una de las más universalmente válidas aportaciones del pensamiento hispanoamericano a la cultura universal. Si escribiera en inglés lo devoraríamos en malas traducciones. En realidad es poseedor de dotes tan peculiares, tan excepcionales, que las seis palabras iniciales de este párrafo resultan una mera tautología. Desde sus primeros ensayos hasta sus más recientes críticas de cine no ha publicado una línea, por más que en su rigor él se empeñe en reconocer muy poco, carente de valor o de pasión. Cuando busco un nombre de Hispanoamérica para compararlo en este sentido, solo puedo encontrar, entre los vivos, el de Alfonso Reyes. Ambos son, sin duda, los escritores más rigurosa, más amorosamente entregados al lúcido desentrañamiento de problemas literarios, a la creación de estos problemas, al estudio de la literatura, a ser ellos mismos materia de este estudio.

Parece que en la Argentina a Borges se le acepta o se le rechaza de plano. Es fácil sospechar quiénes son los que se pronuncian por esta última actitud. Bien los conocemos. Son aquellos que enamorados de la selva americana (que no conocen) creen ver en aquel que no se recrea describiendo la presumible belleza selvática, las tediosas fiebres brasileñas o la deplorable sequía del agro mexicano, un enemigo de lo que con modestia llaman «su» América. ¡Como si la selva o el desierto no fueran, menos que temas literarios, objetos de pesadumbre! En todo caso, la acusación de europeísmo enderezada contra Borges, si no injusta en exceso, está suficientemente desmentida en lo que a despego de la patria se refiere, con el fervor de *Fervor de Buenos Aires,* con los poemas de su etapa «criollista», hasta (hay para todos los gustos) con sus inteligentísimas interpretaciones de letras de tangos, en las que estas siempre adquieren una insospechada dignidad. Sabemos también, por fortuna, que en nuestro medio se trata de extranjerizante o malinchista a cualquiera que se atreva a afirmar que X X, europeo, se expresa con relativa mayor claridad, digamos, que Cantinflas. (Debemos a Borges sus excelentes traducciones de Faulkner, de Kafka, de Melville, de Virginia Woolf; su expectante curiosidad por lo mejor que se produce fuera de su país; su intenso y vasto conocimiento de literaturas orientales, reflejado en su obra en abundantes alusiones a legendarios, o tan solo posibles, pensadores chinos, a libros de elaboración infinita, a concentraciones de letras de significado oculto, o mortal, o inútil, o simplemente nulo).

Acostumbrados como estamos a cierto tipo de literatura, a determinada manera de conducir un relato, de resolver un poema, de encadenar las palabras, no es extraño que los modos de Borges nos sorprendan y que desde el primer momento lo aceptemos o no. Aparte del purísimo manejo que hace del idioma, de la inusitada brillantez que confiere al cansado castellano, su principal recurso literario es precisamente eso: la sorpresa. En la totalidad de sus obras, en todas sus líneas largas o cortas, el lector que lo conoce de antemano sabe que de un renglón a otro está gratamente condenado a ser sorprendido. Desde la primera palabra de cualquiera de sus cuentos, todo puede suceder. Sin embargo, la lectura de conjunto nos demuestra que lo único que podía suceder era lo que el autor, dueño de un rigor lógico implacable, se propuso desde el principio, sin que por esto deje a veces de complacerse en señalarnos, en una forma muy suya, otras posibles soluciones. Así en el extraordinario relato policial en que el detective es atrapado sin piedad (víctima de su propia inteligencia, de su propia trama sutil), y muerto, por el desdeñoso criminal; así en la melancólica revisión de la supuesta obra del gnóstico Nils Runeberg, en la que se concluye, con tranquila certidumbre, que Dios, para ser verdaderamente hombre, no encarnó en un ser superior entre los hombres como Cristo, o como Alejandro o Pitágoras, sino en la más abyecta y por lo tanto más humana envoltura de Judas; así en el cíclico poema que comienza: «Lo supieron los arduos alumnos de Pitágoras». Este camino nos conduciría a hacer un catálogo de sus obras completas. Por otra parte, como hemos visto en Shakespeare el teatro dentro del teatro, no son extraños a algunos de sus relatos los argumentos superpuestos o colaterales.

La sorpresa no se constriñe en Borges al final inesperado. Eso sería demasiado fácil y cualquiera podría hacerlo. Dentro de la sorpresa puramente anecdótica se da con frecuencia la sorpresa de los detalles; dentro de estos, la sorpresa verbal. Apenas existe una línea suya que no lleve en sí —como entre flor y flor sierpe escondida— un elemento sorpresivo, encomendado casi siempre al verbo menos cómodo, al adjetivo más imprevisto. Y esto sería también demasiado fácil si todo se quedara en curiosos juegos de palabras y no constituyeran, como es la verdad, a pesar de su riqueza formal, admirables vehículos de pensamientos profundos, valederos por sí mismos. Lo novedoso de sus puntos de vista, lo insólito de sus proposiciones, nos hace pensar que no hay temas agotados. Su odio a lo obvio nos encara a la inexistencia de lo obvio.

Cuando un libro se inicia, como *La metamorfosis,* de Kafka, proponiendo: «Al despertar Gregorio Samsa una mañana, tras un sueño intranquilo, encontrose en su cama convertido en un monstruoso insecto», al lector, a cualquier lector, no le queda otro remedio que decidirse, lo más rápidamente posible, por una de estas dos inteligentes actitudes: tirar el libro y exclamar: «No puedo seguir», o leerlo hasta el fin sin interrupción.

Conocedor de que son innumerables los aburridos lectores que se deciden por la confortable solución exclamatoria, Borges no nos aturde adelantándonos el primer golpe. Es más elegante o más cauto. Como Swift, que en *Los viajes de Gulliver* principia contándonos con inocencia que es apenas tercer hijo de un inofensivo pequeño hacendado, el argentino, para introducirnos a las maravillas de Tlön, prefiere instalarse en una quinta de Ramos Mejía, acompañado de un amigo, tan real, que ante la vista de un inquietante espejo se le ocurre «recordar» algo como esto: «Los espejos y la cópula son abominables, porque multiplican el número de los hombres». Sabemos que este amigo, Adolfo Bioy Casares, existe, que es un ser de carne y hueso, que escribe asimismo fantasías; pero si así no fuera, la sola atribución de esta frase justificaría su existencia. En las horrorosas alegorías realistas de Kafka se parte de un hecho absurdo o imposible para relatar en seguida todos los efectos y consecuencias de este hecho con lógica sosegada, con un realismo difícil de aceptar sin la buena fe o sin la credulidad previa del lector: así en *La metamorfosis,* en *La edificación de la muralla china,* en *Un artista del trapecio,* en *El proceso;* pero siempre tiene uno la convicción de que se trata de un puro símbolo, de algo necesariamente imaginado. Cuando se lee, en cambio, *Tlön, Uqbar, Orbis tertius,* de Borges, lo más natural es pensar que se está leyendo un simple y hasta fatigoso ensayo científico tendiente a demostrar, sin mayor énfasis, la existencia de un planeta desconocido. Muchos lo seguirán creyendo durante toda su vida. Algunos tendrán sus sospechas y repetirán con ingenuidad lo que aquel obispo de que nos habla Rex Warner, el cual, refiriéndose a los hechos que se relatan en los *Viajes de Gulliver,* declaró valerosamente que por su parte estaba convencido de que aquello no era más que una sarta de mentiras. Un amigo mío, de cierta cultura, llegó a desorientarse en tal forma con *El jardín de senderos que se bifurcan,* de nuestro autor, que con muestras de gran contento me confesó que lo que más le seducía de «La biblioteca de Babel», incluido en ese libro, era el indudable rasgo de ingenio que significaba el epígrafe, tomado de la *Anatomía de la melancolía,* libro, según él, a todas luces apócrifo. Cuando le mostré el volumen de Burton y creí probarle que lo inventado era lo demás, optó desde ese momento por creerlo todo, o nada en absoluto, no recuerdo. A lograr este efecto de autenticidad contribuye la inclusión de personajes reales como Alfonso Reyes, de presumible realidad como George Berkeley, de lugares sabidos y familiares, de obras menos al alcance de la mano pero cuya existencia no es imposible como la *Enciclopedia Británica,* a la que se le puede atribuir cualquier cosa; el estilo reposado y periodístico a la manera de De Foe; la constante firmeza en la adjetivación, ya que son incontables las personas a quienes nada convence más que un buen adjetivo en el lugar preciso.

El jardín de senderos que se bifurcan y *Ficciones* son muestras admirables de invención, de belleza literaria; son muestras admirables de que en el campo de la literatura imaginativa nuestros países pueden, con este solo caso, competir ya, en un plano de igualdad y aun de ventaja, con los mejores ejemplos mundiales del género.

Cada vez que un escritor logra crear un estilo, se dice de este que es inimitable. El inimitable estilo de Fulano de Tal.

Lo que no es cierto. El verdadero elogio consistiría, quizá, en decir lo contrario. Ninguno más imitable que el de Borges. Véase cualquier número de la revista *Sur* de Buenos Aires. Búsquense las reseñas de libros. No tardará en aparecer en casi todas ellas el adjetivo sugerido por el recuerdo de Borges, el verbo dictado por la influencia de Borges, la conclusión más o menos debida a los modos de Borges. Sospecho que serán escasos los que después de leerlo no se sientan compelidos a permitirse el uso de sus procedimientos. Lo que no tiene nada de raro, ni siquiera de malo. Este fenómeno se da siempre que alguien consigue reunir novedosamente las palabras, como en el caso de Lugones en la Argentina y de López Velarde en México. Nos sentimos incapaces de no tratar de hacer lo mismo, atraídos por su insospechado brillo. De esta suerte, cuando leemos a Chesterton resultamos viendo el mundo en forma adverbial y no hay situación que no nos parezca *ligeramente* esto, *levemente* lo otro, si ya no es que entramos a saco en los adjetivos peculiares del autor, tales como *siniestro, alevoso, infernal,* aplicados a las cosas más inocentes de la tierra. Librarse de esta tentación no constituye un pequeño esfuerzo.

«México en la Cultura», suplemento de Novedades, 1949.

Las ilusiones perdidas

—De la historia que les voy a contar es bueno dejar sentadas dos o tres cosas —dijo el cuarto hombre, mientras limpiaba su pipa despaciosamente. Aunque hablaba sin prisa, daba la impresión de que no hacía más que cumplir con su parte, como si las dos y media de la mañana incitaran más a irse a dormir que a seguir charlando—: en primer lugar, en lo fundamental es endiabladamente verdadera; en segundo, podría ser de Marcel Schwob y por desgracia para ustedes no lo es; y en tercero, el astrónomo y matemático Erro la recordó hace ya varios años a su modo y con otras intenciones en un periódico local. Yo seguiré su relato a veces hasta con sus mismas palabras. Sabido es que en ocasiones los astrónomos se tropiezan por ir viendo a las estrellas; cuando el mío bajaba los ojos a la tierra solía tropezar con cosas como esta.

A una oscura taberna, oscura por clandestina, de Nueva York, acudía durante la Ley Seca noche tras noche el excorredor de bolsa (no eran buenos tiempos para ellos) Michael Malloy. Desde hacía varios años, a partir de la crisis de 1929, Malloy, desempleado, se había visto perseguido por la sed, por los sentimientos de frustración y fracaso, y por un temblor de manos que solo desaparecía cada veinticuatro horas con la quinta o sexta copa de aguardiente, de vino, o de la bebida que fuera, siempre que contuviera alcohol. Malos momentos eran las interminables mañanas para Malloy; pero a eso de las seis de la tarde su espíritu resplandecía de nuevo mientras braveaba ante quien quisiera oírlo acerca de cómo pronto regresaría a su antiguo empleo, cómo todo volvería a ser igual que antes, y cómo en ese momento le daría en la madre —tal era su expresión, aunque en inglés— a más de alguno.

Pero aparte de estos alardes, Malloy era más bien el más pacífico y sentimental de los hombres, lo enternecía la música y, como consecuencia, siempre lloraba cuando en el piano de la cantina algún parroquiano tocaba *Smoke gets in your eyes*. Es cierto que Malloy no fumaba, pero esta canción le hacía recordar a su esposa, quien lo había abandonado cuando la vida se les puso triste justamente al principio de la Gran Depresión.

A ese mismo bebedero clandestino, situado por más señas en la Tercera Avenida n.º 3804, iba también un grupo de conocidos de Malloy y medio compadres del dueño, cuyo nombre, Tony Marino, despertaba en Malloy vagas reminiscencias de planes de viajes matrimoniales pospuestos año con año y nunca realizados. Entre estos compañeros de bebida y proyectos se encontraban: Dan Kreisberg, originario de Karlsruhe, Alemania, admirador fanático de Max Schmeling y a esas alturas un hombre ya viejo, pues tenía veintinueve años y veintinueve años son muchos años para un boxeador profesional que ha perdido once peleas, seis de ellas por *knock out,* y ganado tres, y hace sus *rounds* de sombra en la cantina en vez del gimnasio; Joe Murphy, exfarmacéutico versado en alcoholes y por entonces asistente de Marino cuando había que mezclar calmantes en la bebida de los que se propasaban y les daba por gritar y buscar camorra; Frank Pasqua, propietario de una agencia funeraria (sin juego de palabras) de mala muerte; y, por último, *last but not least,* Harry Green, conductor de un taxi amarillo que desde hacía un año quería pintar para dejarlo como nuevo, y conocedor de los sitios más a trasmano de la ciudad. Todos ellos hombres no solo imaginativos y dispuestos a aventuras difíciles y arriesgadas sino llenos de fe en el sistema de libre empresa, que aunque ya les había dado su primera oportunidad de triunfar y de ser alguien en la vida no tenía por qué negarles otra.

En efecto, y para decirlo pronto, su camaradería y trato asiduo con Malloy terminó por inspirarles una idea que consideraron práctica: asegurar la vida de Malloy y matarlo. Por medio de un agente amigo igualmente urgido de dinero (quien, como después quedó establecido, no sospechó nunca nada) compraron un seguro de vida por 800 dólares en la Metropolitan Life Insurance Company, y dos, de 494 dólares cada uno, en la Prudential, siempre más accesible a personas sin mayores recursos. En total 1.788 dólares, todo con doble indemnización en caso de accidente. Y así fue como el buen bebedor Malloy, cesante y todo, se convirtió a los ojos de sus compañeros en la posibilidad de salir de pobres aunque solo fuera por unos días.

Marino, profesionalmente perito en materia de alcoholismo y, en la mejor tradición del cantinero neoyorquino, hombre tranquilo siempre dispuesto a escuchar las lamentaciones y confidencias de sus clientes, hizo el diagnóstico sobre el que se estableció la política a seguir: dar a Malloy de beber cuanto quisiera y a la hora que quisiera, vía por la cual el final vendría pronto. Y en efecto, Malloy bebió y bebió cuanto quiso; pero en contra de lo que esperaban sus insospechados herederos, en lugar de agotarse rápidamente Malloy engordó, le volvió el color, se puso francamente alegre, rejuveneció y tuvo cada vez más sed.

Fracasadas las predicciones de Marino, dos de los expertos del grupo: el dueño de la funeraria y el chofer de taxi, se hicieron cargo del asunto. Una noche esperaron a que Malloy se emborrachara hasta perder el sentido, y cuando eso sucedió lo transportaron en el taxi hasta un lugar cercano al zoológico. Ahí, a la luz de la luna, le quitaron el saco, la camisa y la camiseta, le vaciaron en el pecho un balde de agua fría, lo dejaron sobre la nieve y se fueron a sus respectivos domicilios a esperar los resultados. El único que obtuvieron fue un tanto contrario: Frank Pasqua se resfrió*. Al día siguiente Malloy llegó a la cantina diciendo a todos que la noche anterior había llegado a su casa no sabía cómo, y que le caería bien un trago.

El plan siguió; pero ahora con la entrada en acción de otro de los especialistas, Joe Murphy, el exdependiente de farmacia y químico del grupo. Una y otra vez Murphy dio a beber a Malloy diarias dosis de alcohol de madera

---

* Su esposa, como para protegerlo, dijo en su oportunidad que había contraído una pulmonía; pero el mismo Pasqua la desmintió.

mezclado con cuanto menjurje alcohólico estuviera dispuesto a beber en forma de cocteles, que eran todos. Y Malloy se mostraba cada día más regocijado, más entusiasta y más agradecido.

Entonces Murphy recordó algo que había oído decir acerca del peligro que encerraban los alimentos enlatados. Después de pensarlo unos cinco minutos, abrió una lata de sardinas, esperó a que estas estuvieran descompuestas aun a la vista del más ignorante, y al cabo de varios días hizo con ellas un buen montón de sandwichitos del tamaño de una moneda de dólar. Para mayor seguridad, fíjense bien, cortó además la lata en trocitos y aderezó los bocadillos con la picadura, bocadillos que Malloy comió con gusto junto con sus respectivos vasos de cerveza y de whisky.

Al otro día Malloy estaba de vuelta en la cantina, tan contento como todos esos últimos tiempos.

A todo esto habían transcurrido tres largos meses. Entre el costo de las pólizas y el consumo de Malloy el proyecto dejó de ser una buena expectativa económica. Sin embargo, para los presuntos herederos ya no se trataba de negocios sino de una cuestión de honor, y cuando pasaban uno cerca del otro casi no podían verse a los ojos, como avergonzados.

Pero el chofer de taxi y el dueño de la funeraria tomaron nuevamente el trabajo en sus manos y así, la noche del 29 al 30 de enero de 1933 llevaron a Malloy, perfectamente ebrio y dormido, a la esquina de Baychester Avenue y Gun Hill Road, tradicionalmente solitaria y oscura. Una vez tendido ahí, Green le echó el taxi encima y ambos amigos abandonaron a su compañero a su suerte. ¿Pueden suponer con qué resultado? La policía, siempre vigilante, dio con Malloy y lo dejó en el hospital Saint Sulpice, en la calle 186 Oeste. A los veinte días Malloy se presentó de nuevo en la cantina, más sano y más jovial, pero más sediento que nunca y bastante contrariado, pues, según dijo, en el hospital las monjas habían estado a punto de matarlo no dándole de beber sino agua, leche y chocolate preparado por ellas mismas.

Y así fue como los herederos tomaron la resolución definitiva. Esperaron un tiempo que llamaron prudente, y la noche del 22 de febrero, natalicio de Jorge Washington, condujeron a Malloy al edificio en que vivía en la avenida Fulton. Como muchos otros patriotas neoyorquinos, en el camino cantaron el himno y recordaron que Washington había sido el primero en la paz, el primero en la guerra y el primero en el corazón de sus conciudadanos. Esto los reanimó y los puso alegres. Ya en la habitación de soltero de Malloy lo acostaron en su cama de respaldo de bronce, le taponaron la boca y le metieron en la nariz un tubo de goma conectado al gas del alumbrado. Malloy estaba lo suficientemente borracho como para no poderse defender, y aunque seguía las maniobras de sus amigos con su mirada de perro manso suponiendo que todo era una broma que terminaría pronto, esta vez murió.

La policía atrapó a los asesinos. Kreisberg, Marino y Pasqua fueron ejecutados el 7 de junio de 1934, uno tras otro, entre las cuatro y las siete de la mañana; Murphy, el lunes 5 de julio del mismo año, a las 6 a. m. Nadie recuerda, o los vecinos pretenden haberlo olvidado, qué ocurrió con Green, el dueño o arrendatario del taxi amarillo. El médico que certificó la defunción de Malloy por congestión alcohólica fue acusado de encubridor y condenado a tres años de prisión, que le fueron reducidos a dos por buen comportamiento.

—En *El asesinato considerado como una de las bellas artes* el inglés Thomas De Quincey exalta la belleza de los crímenes bien realizados; este no lo fue y más bien parecería cometido entre nosotros —dije yo.

Y, todos de acuerdo, dimos por cerrado el caso.